지옥에서 연꽃을 피운
수도자 아내의 수기

지옥에서 연꽃을 피운 수도자 아내의 수기

초판 인쇄 2021년 5월 15일
초판 발행 2021년 5월 17일

편   저 변영희
발행인 김원수
표지디자인 문성경
삽화디자인 남경민
발행처 도서출판 바른법연구원
등   록 제559 ~ 251002020000
주   소 서울시 마포구 망원로 10길 21
전   화 02) 337 ~ 1636
팩   스 02) 6080 ~ 6068
전자 우편 joyofbread@nate.com
인   쇄 (주)예림인쇄

ISBN | 979-11-974426-0-5
정가 15,000원

지옥에서 연꽃을 피운
수도자 아내의 수기

들어가며
−지옥에서 연꽃을 피운 수도자 아내의 수기

한 여자가 있었다. 어려서부터 마음 붙일 데 없어 슬프고 외로운 여자. 총명하고 인물 좋은 그녀는 슬픔과 외로움에서 스스로 벗어나는 불굴의 용기와 숨은 지혜가 있었다. 소녀시절에 겪은 실연의 아픔은 오히려 그녀를 희망의 섬으로 인도하는 등대가 되었다. 실패한 결혼도 그녀에게는 도전과 개척의 기회로 다가왔다.

중국 최초의 여황제 측천무후의 삶을 닮아 그녀는 어떤 경우에도 좌절하지 않았다. 의지할 것도 믿을 구석도 없는 허허벌판에서 어렵게 시작한 그녀의 첫 사업은 그녀에게 성공의 기틀을 마련해주었다. 사업은 일취월장, 승승장구하여 레스토랑 사업에서 아파트 건설 사업, 그리고 관광호텔 사업 등, 그녀의 꿈은 더 높은 곳, 정치 일선 국회의원을 바라보고 확장일로를 달렸다.

단시일 안에 부와 명성을 얻게 된 윤명자 사장, 그녀는 점점 고집 센 여자, 무에서 유를 창조하는 여자로 무소불위의 위력을 구사하게 된다. 물론 그사이 실패와 낙망도 찾아왔으나 불심이 돈독한 그녀는 그때마다 영험하다는 사찰에 가서 기도드리고, 부처님 경을 읽으며 난관을 정면 돌파하는 저력을 과시했다.

초고속으로 부와 명성을 얻었으나 그녀의 마음은 때때로 천래天來의 고독에 젖기도 했다. 황실의 부귀영화도 부럽지 않을 만큼 대구 팔공산 자락에 우리나라 최고의 황토 주택을 지어 혼자 살면서 그녀는 그날따라 유난히 마음이 평온했다. TV를 보았다. 이 채널 저 채널을 돌리다가 어떤 채널에서 돌리기를 딱! 멈추는 일이 벌어졌다. 늘 TV에 나오는 스님들이 아니라 양복을 단정하게 차려입은 신사가 금강경 강의를 하고 있었다. 그녀는 첫눈에 쭉 빨려 들어가는 법열을 맛보게 된다. 온유하고 겸손한 태도, 침착한 음성이 좋았다. 그만큼 장혜운 교수라는 분의 금강경 설법은 신선하고 독특해 듣는 순간 곧바로 머릿속에 입력되었다. 이제까지 한 번도 들어본 적이 없는 명쾌하고 참신한 내용이었다.

그녀는 그 순간의 감동을 결코 잊을 수가 없었다. 사업 틈틈이 전국 사찰을 찾아가 수도 없이 절을 올리고, 10년간 법화경 독송 500독 이후 20년간 신묘장구대다라니 3백만 독 등, 누구보다 열성 있고 신심 깊은 그녀였다. 시간 나는 대로 장 교수의 유튜브도 전부 섭렵했다. 환희심이 충만했다. 금강 경 강의는 삶의 활력소였다.

　장혜운 교수의 주거지를 알아냈다. 옳다고 여기면 즉시 실 천하는 그녀의 성품은 마침내 장 교수의 경기도 고양시 외곽 에 위치한 금강경 연구소를 찾아 나서게 된다. 금강경 연구소 에 가서 장 교수로부터 금강경 강의를 듣자, 더욱 장 교수에 게 깊은 매력을 느끼게 되었고, 개인적인 상담도 하면서 더욱 친밀감을 갖게 된다. '자녀가 몇 분인가요?'라는 사적인 그녀 의 질문에 백학처럼 영혼이 맑은 장 교수는 잠시 곤혹스러워 하더니 그동안의 수행과정을 가감 없이 토로했다. 오직 스승 님의 뜻을 성취하고자 살던 집을 제자들 공부 공간으로 다 내 어주고, 옥탑방에서 옹색하게 지내는 장 교수의 현실에 그녀 는 목이 메었다. 장 교수의 수행과정은 어쩌면 그녀의 인생 여정과 너무도 유사해 그녀로 하여금 엉엉, 소리 내어 통곡을 하게 했다.
　주말에, 그다음 주말에도, 대구에서 경기도 고양시까지 그 녀의 발걸음이 잦아지는 가운데 윤 사장은 장 교수를 가장 이 상적인 인간상으로 인식하게 되고 연정을 품게 된다. 장 교수가 금강경 강의 중에 만인의 어머니가 되겠느냐고 질문했다. 그녀는 만인의 어머니로서 장 교수의 사랑을 듬뿍 받고 싶었다.

평소에 보시하는데 인색했던 그녀는 전 재산 목록을 들고 와서 장 교수가 소망하는 금강경 연수원을 지으라고 몽땅 바친다. 장 교수가 그토록 소원하는 금강경 연수원을 건립할 수 있는 거액이었다.

장 교수는 신중히 생각하라면서 거절한다. 그녀는 장 교수를 열렬하게 사모하는 마음으로 두 번째 제안을 했다. 그렇다면 장 교수의 살 집을 먼저 지어드리겠다고. 장 교수는 그 역시 큰돈이 드는 일이므로 금강경을 더 열심히 읽고 부처님이 주시는 지혜의 말씀에 귀 기울이라고 충고한다. 그녀는 기어코 건축 현장의 경험을 되살려 장 교수의 안락한 거처를 짓기로 결심한다.

그녀는 금강경 연수원 건립에 대한 의논도 드릴 겸, 장 교수를 부산에 모시고 가서 동백섬을 산책하는 가운데 사랑을 고백한다. 두 사람은 드디어 결혼을 하게 된다. 영혼과 영혼의 결합이었다.

그녀는 큰돈을 투자하고 많은 시간과 공력을 바쳐 몸소 일꾼들을 진두지휘하면서 북한산 도봉산이 바라다보이는 길지에 두 사람이 행복하게 살 〈기쁨이 가득한 집〉을 완성한다. 그러나 결혼은 그녀의 생각과는 전혀 다른 방향으로 흘러갔다. 사랑으로 지은 기쁨이 가득한 집은, 그녀에게 지옥이 되었다. 20~30년 수도자로서 살아온 장 교수는 그녀를 지극히 사랑하고 존중하지만, 그녀의 요구와 기대를 받아들일 수가 없었던 것이다.

심각한 갈등과 불만은 곧바로 의견충돌, 싸움으로 변했고 험한 말도 오고 갔다. 그녀가 보기에 장 교수는 위선자, 이기주의자, 배신자로 보였다. 속았다고 생각했다. 그럼에도 불구하고 신심이 돈독한 그녀는 자나 깨나 금강경을 읽었다. 금강경을 읽는 시간만은 마음이 평화로웠다. 장 교수에게 배워 익힌 그대로, 아침저녁으로 7독씩 읽으며 분노로 불타는 마음을 부처님께 바치는 기도를 쉬지 않았다.

그녀는 견딜 수 없어 죽고 싶을 때도 있었다. 고향 선배인 강 회장에게, 그리고 그녀에게 선묘화善妙華라는 불명을 지어준 부인사 성타스님에게 털어놓고 자문을 구했다. 그녀는 전생의 지중한 인연 때문에 헤어질 수도 없다는 사실을 알게 된다. 오랫동안 소원히게 지내던 어느 날, 그녀는 장 교수의 긴 이야기, 중국에 유학 간 의상대사와 의상대사를 사모하다가 바다에 빠져 용이 된 중국 소녀 선묘낭자의 예를 통해서 마침내 큰 깨달음을 얻게 된다.

마하연사! 불현듯 그녀의 뇌리에 의상대사가 건축했다는 금강산의 마하연사가 떠올랐다. 마하연사는 그녀의 전생이 태동한 곳이었던가. 순간 그녀의 번뇌 망상이 일시에 깨끗이 사라지는 기적이 일어났다. 지옥에서 연꽃이 피어난 것이다.

나면서부터 불심이 깊은 한 여인이 전생의 인연을 만나는 장면이 여간 애절하고 극적이라 하지 않을 수 없다.

이 이야기는 윤명자 사장의 수기를 기초로 소설화한 것이며 모두 사실임을 밝혀두는 바이다.

신축(辛丑)년 5월 변문원 합장

축시

선묘화, 마음에 피운 연꽃

正親藏 하순희(시조시인)

92년 서울 신춘문예시조시인당선

경남시조문학상 중앙시조신인상

반야불교문학상 성파시조문학상

나의 사랑은 오직 하나 높고도 푸른 하늘

나의 사랑은 오직 하나 깊고도 넓은 바다

오로지 한생을 걸어 변함없이 가야할 길

가슴에 맺힌 한도 세월에 걸어두고

행여나 찾아올 기쁨의 날 기다리며

울대가 아리어 와도 묵묵히 발원할 뿐

시공을 초월한 인연 애증의 끈을 잡으려 해도

애초에 마실 수 없고 잡을 수도 없는 님

갈증은 한없이 깊어 고통의 잔은 가혹했네

아무도 알 수 없는 전생의 소중한 인연
감사와 헌신으로 온 정성을 다 하여
이 생에 다시 이어진 크나큰 축복이여

대자대비 부처님 크신 사랑 끝없어
베푸신 은혜로움 해탈경계 깨친 은덕
부처님 감사합니다 부처님께 바칩니다

사랑스런 선묘화여 거룩한 이름이여
지극한 사랑으로 고통의 바다 벗어나
마음에 한송이 연꽃 피어올린 선묘화여

금강경 지혜의 숲 푸르게 걸어가며
행복으로 넘치는 환희 선열의 즐거움
피어난 연꽃의 향기 맑히리 이 한생을

차 례

일찍이 세상에

이런 순수하고 아름다운 사랑은 없었다.

일찍이 사랑의 배신에 대해

이렇게 처절한 증오도 없었다.

지옥에서 연꽃을 피게 하는

이런 위대한 가르침 또한 일찍이 없었다.

제
1부

불우했던 어린 시절

윤명자 사장은 어린 시절, 아버지를 여의는 불행을 당했다. 어머니는 그 시대 모든 어머니들이 그러하듯, 가정 밖의 외부 활동, 생활력이 전혀 없는, 오직 아이 낳아 기르고 집안 살림만 하는 여자였다.

어머니는 첫딸이고 외동딸인 그녀를 조금도 귀여워하지 않았다. 어머니보다 이모가 그녀를 더 귀여워했다. 윤명자는 어린 아기였을 때 우량아 상을 받게 되었다.

"언니, 축하해요! 저렇게 인물도 잘나고 건강한 우량아 딸을 두었으니 언니는 복이 많으세요. 명자 쟤는 무럭무럭 잘 자라서 외로운 언니를 크게 도울 것이 틀림없어요."

이모는 윤명자 아기가 타온 우량아 상장을 들여다보면서 덕담을 했지만 어머니는 달랐다. 우량아 딸을 반가워하기는 커녕 아무런 반응도 보이지 않았다. 아니 시큰둥했다.

그녀는 아버지가 안 계시고 형제 하나 없는 외로움 속에서 우울한 유년을 보내야 했다. 어머니는 하나뿐인 딸을 누구보다도 소중히 위하기는커녕, 딸을 전혀 사랑하지 않았다. 윤명자 사장은 그녀의 어린 시절이 말할 수 없이 서럽고 외로웠다고 회고한다. 어렸을 때부터 그녀는 부자들을 보면 한없이 부러웠고, 많이 배운 사람은 그녀에게 선망의 대상이 되었다고 했다.

윤명자 사장이 태어난 곳은 청송군 부동면이다. 경북의 가장 오지인 부동면에서 부남면 시골로 가려면, 땅이 질어서 이름 붙였다는 질고개를 넘어가야 했다.

부동, 부남 이곳은 기암괴석으로 둘러싸인 봉우리를 12개나 거느린 웅장한 주왕산, 물속에 왕버드나무 20여 그루가 자생하는, 1721년에 조성한 주산지가 있는 경개 절승한 곳이다. 주왕산 가는 길은 구불구불 험난하지만, 주변 경치는 사계절 내내 너무나 아름다웠다. 암벽으로 둘러싸인 산이 병풍처럼 이어져 있어 주왕산의 본래 이름은 석병산石屛山이었다. 설악산 월악산과 함께 우리나라 삼대 암산 중 하나였다.

계곡과 폭포, 소沼 등, 울울창창한 침엽수림 속에 신라 문무왕 때 의상대사가 창건했다는 대전사大典寺가 보이고, 대전사 부속 암자인 백련암은 앞뒤로 개울이 흐르고 뒤로는 장군봉이 우뚝 솟았다. 임진왜란 당시 사명대사가 머물던 송운정사는 지금은 터만 남았고, 대전사 뒤에 다섯 손가락 모양의 바위가 옛날을 말하는 듯 경이로웠다.

택리지의 저자 이중환은 주왕산을 일러 '모두 돌로써 골짜기 동네를 이루어 마음과 눈을 놀라게 하는 산, 주왕산을 깃발바위旗岩라고 했다. 기암뿐만 아니라 푸른 숲 곳곳에 빼어난 암석이 보이는 산, 오랜 풍화작용으로 바위는 유유愉愉한 아름다움을 풍겨 나그네의 마음을 편안하게 해준다. 비가 그친 후 뽀얀 안개가 드리운 기암은 지상에서 천상세계를 보듯 신비롭다'라고 칭송했다.

얼마나 아름다운가. 얼마나 빼어났나. 사찰의 배경이 된 이 바위는 당나라 주왕과 마 장군의 치열한 전투 끝에 주왕의 군사가 이 봉우리에 대장 깃발을 꽂았다고 해 기암奇巖이 아닌 기암旗巖이라고 불린다. 누구나 이곳에 오면 기암의 웅장함에 홀린 듯 주왕산 속으로 발걸음을 옮기게 된다.

예로부터 청송은 이상의 세계, 신선의 세계였다. 그 옛날 청송을 가려면 사방이 높은 산으로 둘러싸여 인적없는 산길을 수백 리 이상 걸어 하늘과 맞닿은 고개를 넘거나, 깊은 계곡을 따라 한도 끝도 없이 걸어서 갔다. 그러나 청송에는 주왕산을 비롯하여 수많은 비경과 하천이 있고, 깊은 산골에도 넓은 평원, 평화스러운 산촌 마을이 아늑하게 들어앉아 어쩌면 한국의 무릉도원처럼 신비가 가득한 곳이었다.

세종 때 군수 하담이 찬경루를 창건하고 관찰사 홍여방이 지은 기문에 '송백은 울울창창한데 노을 구름이 멀리 덮여 있어, 맑고 그윽한 고을이 신선 세계 그대로이니 이곳이 청송이다'라고 찬탄했다.

이퇴계는 청송의 백학시에서 '청송 백학은 청송에 백학이 어우러진 신선 세계', 선조 때 김용金涌은 '주왕산은 은하수 가운데 옥경을 열었네'라고 하여 주왕산을 신선 세계 중에서도 옥황상제가 사는 황도로 극찬을 아끼지 않은 곳이다. 이처럼 소금강으로 불리우는 주왕산과 주산지를 비롯, 전역에 하천이 많은 청송은 동국여지승람에 이르기를 '검소하고 법도를 잘 지키고, 사람은 순하고 습속은 순후하다尙儉率 民淳俗厚'라고 기록하고 있다.

보현산맥의 지맥 삼도산맥三都山脈이 청송군의 중앙을 횡단, 지형을 남북으로 나눈 구조를 이루고, 용전천은 부동면, 부남면에서 흐르는 지류를 합하여 청송읍과 파천면을 경유, 영양에서 안동을 흐르는 반변천半邊川과 합류한다. 그야말로 산자수명, 산세 좋고 물 맑은 천하 길지가 아닐 수 없다. 또 하나 빼놓을 수 없는 것은 아무리 마셔도 배탈이 나지 않는다는 탄산 성분이 많은 광천수, 각종 질병에 탁월한 효험이 있다는 달기 약수이다.

청송인들은 고향을 떠올릴 때면 대부분 주왕산의 푸른 소나무와 환상적인 분위기를 자아내는 주산지와 함께 천연 탄산수 달기 약수를 연상한다.

이처럼 아름다운 윤명자의 고향 부동면에는 그녀와 같은 또래 이동연이란 소년이 살고 있었다. 그 소년은 초등학교에서 중학교까지 전체 수석을 차지하고, 청송 군내의 모든 학생들이 부러워하는 서울 명문 K고교에 입학했다.

부동면 마을 사람들은 말했다. 이동연이야말로 서울대를 진학할 유망주, 청송군을 대표하는 인재라고, 이다음에 사법고시도 충분히 합격하여 판사가 될 인물이라고 여겼다.

서울로 유학 간 이동연은 방학 때가 되면 K고 교복과 교모를 쓴 복장으로 고향에 내려오곤 했다. 교복, 교모 속에 비치는 단정한 소년 이동연은 그녀에게 더할 나위 없이 매력적인 남성으로 보였다. 우연히 기회가 생기면 그녀는 동연에게 말을 걸어보고 싶은 충동을 느꼈다.

5월 화창한 날 유난히 감수성이 풍부한 윤명자 소녀는 마을의 주산천을 따라 배밭 길을 걸었다. 바람결에 배꽃이 꽃비처럼 흩날렸다. 꽃잎이 냇물에 하르르 떨어진다. 물속에 동동 뜬 하얀 꽃잎, 그 꽃잎이 장차 어디로 흘러갈지 소녀는 호기심이 일었다.

그때 개울가에 이동연이 나타났다. 공부하다가 잠시 산책을 나온 것일까. 그녀가 바라던 우연의 기회가 꿈처럼 다가온 것이다.

"아니, 너 명자 배꽃보러 나왔니?"

"어? 그래! 저기 좀 봐! 배꽃이 너무 예뻐!"

너무나 갑작스런 만남이었다. 그녀가 손으로 개울을 가리켰다.

"배꽃? 나는 명자 너가 더 예쁜데?"

동연이도 그녀를 만난 것이 싫지 않은 듯, 그녀의 말에 반갑게 응대했다.

"근데 쟤(꽃잎)들은 어디로 가는 거지?"

송사리 떼와 돌까지 훤히 들여다보이는 맑은 물에 배꽃 잎이 동동 떠서 흘러가고 있었다. 그 숫자가 제법 많았다.

"바다로! 넓고 푸른 바다로 가는 거야."

"배꽃이 바다로 간다고?"

"그렇다니까. 명자 너도 넓고 넓은 세상으로 훨훨 날아갈 것만 같아. 나비처럼 말이지."

그녀는 나비가 되어 훨훨 날아간다는 동연의 말에 감동했다. 그 후 그들은 논두렁 길, 배밭 길을 함께 걷는 다정한 사이로 발전했다. 그녀는 동연이와 함께 하는 시간이 가장 기쁘고 소중했다.

찢어지게 가난한 살림, 친어머니이지만 계모처럼 사나운 어머니 밑에 억눌려 사는 그녀의 유일한 행복은, 오직 동연이와의 만남뿐이었다. 잠자리에 들면 그와 함께 알콩달콩 행복하게 사는 꿈을 꾸기도 했다. 얼마나 간절하면 꿈속에 다 나타날까. 그녀는 동연이를 생각만 해도 가슴에 짜르르 떨림이 왔다.

동연은 그 지역에서 한다하는 부잣집 아들이고, 그 실력으로 장차 사회적 지위도 높게 될 것이 분명했다. 때때로 동연이를 만나 아름다운 미래를 설계하는 것만으로도 그녀는 현실의 외로움과 고달픔이 해소되는 듯했다. 세상을 다 품에 안은 듯 황홀했다.

동연이의 고등학교 2학년 하기방학이었다. 개학 날짜가 다가왔다. 동연이는 그녀에게 잠정적 이별을 선언했다.

"나는 이제 곧 고3이 돼. 대학에 가려면 아마 앞으로 너를 만나지 못하게 될 것 같아. 1년 동안은 두문불출하고 공부해야만 내가 바라던 학교에 갈 수 있기 때문이야. 참 아쉽다. 명자 너, 그동안 나를 잊지 않겠지?"

순간, 그녀는 견딜 수 없는 아쉬움과 외로움을 느꼈다. 그를 놓아주고 싶지 않은 마음에 사로잡힌다. 내일모레가 되면 동연이를 만나지 못하다니, 갑자기 그녀의 모든 희망이 사라지는 것 같았다. 이러다가 동연이와 영원히 헤어지는 것은 아닌가 하는 절망적인 마음도 솟아올랐다.

그녀는 너무나 허탈하여 그날 밤 잠을 거의 이루지 못했다. 내일이라도 그를 만나 무슨 약속이라도 하자. 그녀는 그 생각뿐이었다.

그녀는 동연이에게 편지를 썼다. 서울로 떠나기 전에 한 번 더 만나자는 내용이었다. 정성껏 쓴 편지와 함께 약간의 작별 선물을 동봉하여 이튿날 새벽 그의 집으로 달려갔다. 그녀는 그 편지와 작별 선물을 그가 공부하는 방문 앞에 놓아두었다. 그녀는 동연에게서 반가운 소식이 오겠지 하고 애타게 기다렸다.

그다음 날이었다. 그녀 집을 찾아온 것은 동연이 어머니였다. 동연이 어머니는 집안에 들어서기 무섭게 다짜고짜로 그녀 어머니에게 큰소리로 외쳤다.

"당신 딸을 잘 좀 가르치세요! 어찌 어린아이가 버릇없이 연애 편지질이나 하고 다니고. 아니, 얼굴만 반반하면 다예요?"

거친 말과 함께 그녀가 쓴 편지와 선물을 어머니 앞에 내동댕이쳤다.

"흥! 저렇게 가난하고 못 배운 년이 어찌 감히 내 아들의 상대가 돼?"

동연이 어머니는 그녀와 그녀의 어머니에게 험한 말로 조롱하고 비웃는 것이었다.

'가난하고 못 배운 저런 년! 감히 나의 아들의 상대가 돼?' 그녀의 귓전에 동연이 어머니가 내뱉은 이 말이 수도 없이 맴돌았다. 그녀는 말로 다 할 수 없는 부끄러움과 모멸감에 망연자실했다. 그녀가 쓴 편지 한 장으로 심한 모욕을 당한 것이다. 그녀는 눈물을 펑펑 쏟았다. 이런 때 진정으로 딸 편을 들어주고 위로의 말을 해야 할 어머니는 그녀 편을 들어주지 않았다.

"야! 쳐다볼 수 있는 나무를 보고 오를 생각을 해야지. 네년 주제에 어찌 감히 동연이를 쳐다 보니? 애미가 다니라는 교회는 안 다니고. 연애질만 한단 말이냐? 저런 빌어먹을 년!"

하늘이 무너지는 것 같았다. 그녀를 낳은 어머니가 곤경에

처한 딸에게 어쩌면 그럴 수가 있을까. 이때였다. 그녀의 마음속에 알 수 없는, 어떤 오기가 샘솟듯 솟아오르기 시작했다. 그녀는 결심했다. 열심히 노력하여 반드시 큰 부자가 되자고. 그녀는 이를 악물었다.

좋다. 이제부터 나는 엄마가 시키는 대로 교회에 열심히 나가자. 거기서 새로운 나만의 길을 찾을 것이다. 그동안 교회 출석에 소홀한 것은 모두 동연이와의 만남 때문에 게을러진 것이 아니었나. 그녀는 두 주먹을 불끈 쥐고 전에 잘 다녔던 부남교회(청송군 부남면)로 향했다.

부남교회는 본래 부남고등공민학교를 창립하는 등, 교육에 열의가 많은 오동식 교장선생님이 담임목사로 계신 교회였다. 설교 시간은 항상 학생들 공부를 가르치는 것 같이 뜨거운 열기로 가득했다. 명자는 오랜만에 교회로 돌아온 것이다. 교회 문을 열고 들어서는 순간 동연이 어머니에게 망신당한 설움, 어머니의 학대로 인한 슬픔이 한꺼번에 몰려오면서 하염없는 눈물이 쏟아졌다.

오동식 목사님의 설교가 시작되었다.

"성도 여러분, 우리의 삶에는 항상 시련이 있고, 고달픔이 뒤따르게 되어 있는 법입니다. 그러나 예수 믿는 사람들은 어떤 역경에도 항상 희망을 가질 수 있습니다. 왜냐하면 우리 뒤에는 우리를 떠받들어 주시는 주 예수 그리스도가 있기 때문입니다. 예수께서는 우리들에게 다음과 같이 말씀하시었습니다.

'역경이 오더라도 좌절하지 말아라. 역경의 해법을 구하라. 구하면 얻을 것이니라. 그리고 두드리면 열릴 것이다'라고 말씀하셨습니다. 예수님의 이 말씀을 믿으시고 어떤 절체절명의 위기에도 낙심하시지 마십시오. 항상 기도하시고 항상 기뻐하십시오. 그리고 항상 감사하십시오."

그녀는 목사님 말씀을 듣는 중에 굳은 결의와 함께 새 희망이 가슴 가득 솟아올랐다. 틈나는 대로 성경을 읽으며 오직 예수님의 삶을 닮으려고 노력했다. 교회 나가는 일요일이 기다려졌고, 무척 즐거웠다. 교회 성가대 일원으로 찬송가를 부를 때 예수님의 권능이 그녀에게 임하는 것 같았다. 열심히 교회에 나가는 것을 교회 사람들도 알고, 보는 사람마다 그녀를 귀여워해 주었다. 어느 날 오동식 목사님이 그녀 옆으로 오셨다.

"명자야! 너는 얼굴도 예쁘지만 마음도 참 곱고 성실하구나. 나는 얼마 전부터 너를 눈여겨 보았어. 열심히 교회에 나와 예수님을 닮으려는 네 열의를 많은 관심을 가지고 지켜보

앞단다. 믿음을 굳게 가지면 하나님께서는 반드시 축복의 영광으로 보답해 주실 것이다. 내가 너에게 취직자리를 마련해 줄까 하는데 어떻게 생각하느냐? 다름 아니라 교회 인근 부남전화국에 교환수로 일하는 것 말이다. 본래 전화국에 가려면 고졸 출신이라는 불문율이 있기는 하지만 시험만 잘 치면 고졸 아니라도 입사할 수 있다는구나. 시험문제에 대한 힌트는 내가 잘 가르쳐줄 것이니 한번 도전해 보아라."

하나님이 내려주신 기쁜 소식이었다. 그녀는 고등학교 재학중이었지만 열심히 공부해서 우수한 성적으로 당당하게 전화국 직원이 된다. 동연이 말처럼 너른 세상으로 나간 것이다. '하면 된다'는 자신감을 얻게 되었고, 전화국 입사 후 그녀의 인기는 상승했다. 친절하고 성실하고 인물 좋은 아가씨로 주위 사람들로부터 칭찬이 자자하였다. 예전에 열등감으로 가득한 그녀의 모습은 간데없고, 늘 명랑하고 활발한 천성이 살아났고, 부정적인 마음이 낙관적으로 바뀌고 있었다.

그녀는 거듭 다짐했다. '예수님을 믿고 노력하여 반드시 큰 부자가 될 것이다. 또 늦게라도 출세하여 많은 사람들에게 사랑받는 사람이 되고 말 것이다. 그녀를 무시한 사람들에게 보란 듯이 성공하여 큰소리를 치며 살 것이다'라고.

그때부터였을까. 그녀는 동네에서 제법 부자라 하는 사람들을 만나도, 또 그녀 또래의 여고생들을 보아도 절대로 위축되지 않았다. 당당할 수 있었다. 그녀를 인정해주고 칭찬해주는 사람들이 주변에 있으니 그 무엇도 두렵지 않았다. 그녀는 미래의 자신을 큰 부자처럼 머리에 새겼다. 능력을 키워 많은 사람들의 사랑을 온몸에 받는 존재가 될 것이라고.

윤명자 사장이 태어난 청송의 주왕산

조선 선조 때 김용金涌은 주왕산을 신선세계 중에서도
옥황상제가 사는 황도라며 극찬을 아끼지 않았다.

◆ 주왕산 운해 / 출처 청송시청

나는 잘난 여자

그녀를 낳은 어머니는 그녀에게 악독한 계모 같았다. 일마다 때마다 그녀를 구박하고 모질게 나무랐다. 그녀는 친어머니의 계속되는 학대를 견딜 수가 없었다. 견디다 못해 그녀는 일찍 결혼하기로 결심한다. 쫓기다시피 마지못해 한 결혼은 결코 순탄하지 못했다. 각종 시련과 갈등은 결혼 전보다 더욱 심각했다. 결혼 후에도 반복되는 빈곤으로 인한 열등감, 남편의 멸시, 저학력으로 인한 경천輕賤은 가혹하기만 했다.

다행인 것은 숱한 고통과 외로움 속에 내쳐진 그녀에게, 희망과 용기를 주는 책이 있었다. 그것은 중국 당나라 시절의 유일한 여자 황제 측천무후의 일생을 그린 책이었다. 그녀는 그 책을 펼치자마자 책의 머리말에서부터 깊이 빠져들기 시작했다.

측천무후! 고금동서를 뒤흔들며 눈부시게 빛나던, 이 유일무이唯一無二한 여성 황제는 중국 역사에 가장 획기적인 기적을 탄생시켰다. 측천무후 황제는 남존여비의 봉건 체제 사회에서도 전무후무하게 통치집단의 최고 왕좌에 앉아 천하를 호령했다. 혁혁한 전공을 세운 무장과, 학식이 뛰어난 문신들이 그녀의 왕관 아래 모두 머리를 조아렸다.

그녀는 책 속에 깊이 빠져들어 시간 가는 줄 모르고 읽고 또 읽었다. 측천무후를 소재로 한 비디오가 나왔다. 바로 비디오를 구입하여 보고 또 보았다. 책을 읽고 비디오를 보면서 그녀는 어느덧 자신이 측천무후의 마음과 하나가 되어 있음을 발견하였다. 측천무후와 그녀의 마음이 하나가 되자 가난의 고통과 설움, 지극한 외로움과 남존여비의 차별을 훌훌 털어버릴 수 있었다. 측천무후가 수많은 남성을 호령할 때 그녀는 남편에게 눌려 살던 패배감, 열등감이 눈 녹듯 사라져갔다.

시문詩文에도 능하지 못하고, 별다른 배경도 없이 오직 인물 하나만이 유일한 재산이었던 측천무후의 삶은 그녀에게 인생 나침판이었다. 남존여비의 봉건 사회에서 최고의 지존至尊인 왕좌에 올라 뭇 남자들의 무릎을 꿇게한 장면에서 그녀의 열등감은 소멸되었다. 아무 힘도, 기댈 언덕도 없는 그녀에게 측천무후야말로 미래의 희망을 품게 하고 용기를 주는 롤모델이 된 것이다.

측천무후의 일생은 파란만장했다. 재인才人[1]으로 들어가 후궁이 되고, 후궁에서 쫓겨나 승려가 되고, 시련 끝에 다시 궁으로 들어가 왕후가 된다. 측천무후는 아들을 많이 낳았다. 점차 세력을 넓히고 나중에는 임금까지 되었다. 측천무후는 자신 있게 말했다.

"젊어 고생은 말년 복의 근원이 된다."
"젊어 고생은 금을 주고도 사지 못한다."

측천무후야말로 이 말을 실생활에 옮긴 위대한 여성이었다. 측천무후의 삶은 그녀의 인생 여정과 대동소이, 아니 어쩌면 같은 맥락으로 이해해도 좋을 것이라는 생각이 들었다. 어려운 일이 생길 때마다 측천무후의 삶이 그녀에게 힘이 되었다. 그녀가 한참 힘들 때, 어디선가 측천무후가 그녀에게 다가와 속삭이는 것만 같았다. 측천무후는 그녀의 인생 길라잡이, 캄캄한 바다의 등댓불이었다.

---

1 재인(才人): 광대일을 하는 사람, 광대의 다른 명칭.

'아무 염려 마라! 나도 초년에는 너 윤명자처럼 고생했다. 두려워 말고 묵묵히 참고 견디거라. 너도 조금 있으면 나처럼 천하를 호령하게 될 것이야.'

그녀의 귀에 측천무후의 음성이 계속 들려왔다. 그녀는 즉시 용단을 내렸다. 제일 먼저 남편을 가장으로 모시는 빈궁한 생활을 청산했다. 그녀는 가장이 되어 집안을 먹여 살리는 생활 전선에 뛰어들었다. 이상하리만치 그녀가 하는 일마다 잘 풀려나갔다.

어렵사리 꾸린 작은 경양식집은 사방에서 손님들이 모여들더니, 얼마 되지 않아 큰 경양식집으로 발전한다. 큰 경양식집은 다시 그 수효를 늘려가게 되었다. 식당을 경영한 지 5년 만에 그녀는 바야흐로 대구 시내 굴지의 레스토랑 세 개를 거느린 성공한 사장님이 되어 있었다. 종업원이 70여 명으로 늘었다. 자가용을 굴리기 힘든 80년대 초반, 그녀는 고급 외제차를 굴릴 수 있게 되었다. 그야말로 눈부신 발전이었다.

경양식집 종업원 중 남성 숫자도 제법 많았다. 그녀는 종업원들에게 측천무후와 같은 카리스마로 강온剛溫 양면책을 썼다. 거친 남성 종업원들은 조인트를 까기도 하고, 마음이 여린 종업원은 부드러운 어머니처럼 달랬다. 일 잘하는 종업원은 후히 상을 주었고, 규칙을 잘 준수하도록 신입사원 교육을 철저히 시행하는 가운데, 모든 종업원은 한 가족처럼 뭉쳤다. 사업은 일취월장, 확장일로였다.

경영학의 경經자도 공부한 적이 없는 그녀에게 이런 능력이 어디서 나왔는가? 그녀는 자신도 모르게 꿈에 그리던 측천무후의 삶을 그대로 닮아 가고 있었던 것이다.

윤 사장은 일하는 틈틈이 머리도 식힐 겸 가끔 수성 연못 공원으로 홀로 산책을 나갈 때가 있었다. 일제 강점기 시절 농업용수를 저장하기 위해 만들었다는 수성 연못은 대구 도심에 있어 시민들의 쉼터로 최적이었다. 뿐만 아니라 수성공원에서 밤에는 분수 쇼가 펼쳐져 외지에서 온 관광객들도 자주 찾는 명소였다. 왜가리 가족이 줄지어 물결을 가르며 지나가고, 호숫가에 피어난 노란 창포꽃과 산나리꽃은 그녀에게 행복이란 선물을 듬뿍 안겨주는 것 같았다. 일상의 번다함을 잊고 그녀는 야생화와 벚꽃나무가 어우러진 산책길을 따라 천천히 걸었다.

산책로 곳곳에 마련된 벤치와 정자에는 정다운 사람끼리 모여 앉아 한담을 나누고 있었다. 그들은 여유롭게 거닐고 있는 그녀를 보고 수군거렸다.

"어머! 저기 좀 봐. ○○사장이잖아. 저이가 하는 레스토랑은 노상 손님이 줄을 서 기다려야 들어간다는데 산보 나올 새가 있나 보네. 가난했고 배우지 못한 저 여자가 단기간에 어떻게 큰 부자가 되었을까? 지금 모은 재산이 수백억 된다는 이야기가 있어."

"아니 내가 알기로는 그 재산이 1,000억이 넘는다는 말도 있어, 그가 단기간에 부자가 된 것은 모르면 몰라도 뛰어난 미모 덕일 거야. 저 봐요! 얼마나 멋지게 잘생겼는가. K국회의원, J국세청대구지청장, M부장판사, K섬유회사 사장 등, 기라성 같은 대구의 인사들이 마치 여왕 모시듯 하며 그이 사업을 도와준다고 하대. 많은 남성들의 마음을 사로잡은 것은 그의 뛰어난 미모가 아니라면 될 수 없는 이야기지."

"아니야, 경영 능력은 그의 미모 때문만은 아닌 것 같아. 그이는 레스토랑을 할 때 일체 손님 앞에 나타나지도 않는다고 해. 그의 경양식집은 주로 대학생들이 많이 모인다고 하고, 사장은 가끔 대구 시내 각 대학의 학생회 임원들을 자기네 레스토랑에 불러 대접한대요, 대학의 축제 때마다 매년 수백만 원씩 보조한다는 거야. 많은 사람들은 그의 성공비결을 뛰어난 수완과 지략 때문이라고 해."

"인물 좋고 머리 좋은 것만 가지고 어찌 부자가 될까. 아마

복을 많이 타고난 사람 같아. 장군 중에서 지장智將은 용장勇將을 이기고, 덕장德將은 지장을 이기지만, 지장보다, 덕장보다 더 훌륭한 장군은 덕장을 이기는 장군, 바로 복장福將이라는 말이 있지 않은가. 저 여사장은 복을 많이 타고난 것이 틀림없어."

불심佛心이 강한 도시 대구에서 대부분의 불자들은 그녀의 성공비결을 부처님 덕으로 돌리는 사람도 있었다.

"그이가 타고난 복도 많지만, 소문에 의하면 저 윤 사장은 열심히 절에 다녔다고 해. 늘 법화경을 읽는다고 해요. 법화경을 500번이나 넘게 독경하였대. 갓바위, 사리암, 영험이 있다는 곳에 두루 찾아다니며 절한 횟수를 헤아려 보면 100만 배도 넘는다는 소문도 있어. 그런 열성이면 무엇을 못 이루겠어요? 그런 독실한 불심이 그이로 하여금 단기간에 많은 돈을 벌게 했을 거야."

그녀는 명실공히 단시간에 거액의 재산을 모으고, 외제차를 타고 다니며, 세 개의 큰 레스토랑에 수많은 종업원을 거느리는 사장님이었다. 그녀를 괴롭히던 어렸을 때의 열등감이 완전히 사라지고, 스스로 측천무후 황제를 닮은 최고로 잘난 여자가 되어 있었다.

그녀는 누가 뭐라 해도 잘난 여자였다. 하면 된다는 자신감으로 꽉 찬 여자, 무에서 유를 창조하는 여자였으며, 말 잘하고 시 잘 쓰는 여인, 모 탤런트와 같이 인물도 좋다는 여자가 바로 윤명자 사장이었다. 그뿐 아니라 신심도 남다르고 부처님 공경심도 대단한 여자였다. 이런 과정에서 그녀는 소녀 시절 열등감으로 가득했던 순하고 마음씨 고운 여자에서, 점점 고집을 꺾을 수 없는 여자, 남성들조차 그녀의 눈빛만 보아도 두려워하는 여자로 변해가고 있었다.

그녀는 정치에도 관심이 많았다. 잘못된 정치를 볼 때마다 종종 날카로운 비판을 했다. 주위에서 그런 그녀에게 말했다.

"윤 사장! 국회의원 나가봐. 윤 사장이 정치를 하면 모든 국민들이 잘살게 되고, 일도 참 시원하고 멋지게 잘할 것 같아."

권면의 말, 칭찬의 이야기를 자주 듣기도 했다. 흥! 국회의원? 그녀는 국회의원에 그다지 매력은 없지만, 시켜준다면 못할 것도 없다고 생각했다. 학력에 있어서만은 다른 사람보다 못하지만, 재력, 통솔력, 그 위에 더하여 결단력과 사물을 바로 보는 투시력, 직관력에 있어서는 누구보다도 뒤지지 않는다고 생각했다. 학력이나 경력이 출중하지 않은 측천무후도 탁월한 통솔력과 지도력으로 황제까지 오르지 않았던가.

이런 생각이 씨가 되었던가. 어느덧 주위 사람들은 그녀에게 국회의원이 되려면 고향인 청송에서 입후보해야 할 것이다, 청송에서 입후보를 하려면 청송에 좋은 일을 하여 공적을 쌓아야 할 것이라고 했다. 그녀의 재력, 통솔력, 임기응변 등은 국회의원으로서 자격이 충분하다는 여론으로 변하고 있었다.

그녀가 정치에 입문해서 그녀의 소신을 잘 펴고 많은 사람들의 어려움을 해소해 준다면, 사람들은 윤명자 그녀를 존경스럽게 바라보게 될 것이고 참 애썼다! 훌륭한 일을 했다! 칭찬할 것이었다.

올바른 생각이라고 판단하면 곧 결단의 기질이 있는 그녀였다.

그녀는 사계절 내내 절경을 이루는 아름다운 고향에서 태어났어도, 지독한 가난, 그리고 열등감 때문에 아름다운 줄도 모르고 지낸 고향이었다. 그럼에도 불구하고 그녀는 자신의 고향에 은혜를 갚고 싶었다. 그녀는 고향 청송에 최초로 관광호텔을 건설하려는 계획을 세웠다. 관광호텔을 지어 고향에 은혜를 갚자. 그렇게 된다면 모든 사람들이 그녀를 우러러보게 될 것이었다.

관광호텔사업은 그녀 생애 처음이었다. '못하는 것이 없다'는 그녀 특유의 자신감은 초유의 사업에도 용감하게 도전하게 만들었다. 그녀는 세 개의 레스토랑 중 두 개를 정리하여 사업자금을 만들었다. 관광호텔 건설에 매진하려는 마음을 행동에 옮긴 것이다.

관광호텔 주무관청은 문화관광부였다. 그녀는 기획조정실에서 관광호텔 설립에 대한 설명을 듣고 관청에서 요구하는 구비서류를 준비하여 국민소통실에 제출했다. 그녀의 행동 방식은 일사천리였다. 국민소통실 공무원들에게 청송군에 관광호텔 설립요건을 납득하도록 잘 설명했다. 그녀는 특유의 패기와 담대함으로 이 모든 일을 다른 사람의 도움 없이 혼자서 처리했다. 그녀는 고향 청송에 관광호텔을 설립하는 이유를 다음 세 가지 항목으로 요약했다.

가) 청송군에는 천하 명산 국립공원인 주왕산이 있다.
나) 청송군에는 우리나라의 삼대 약수라 하는 달기 약수가
   있다.
다) 도처에 온천징후가 나타나는 장소가 발견되므로 온천
   을 개발할 수 있다.

이와 같이 청송군에 관광호텔이 들어서야 하는 당위성과 필연성을 역설하였다. 그녀의 집요한 설득과 노력은 상당한 성과를 거두었다. 문화관광부에서는 예상외로 쉽게 청송군에 관광호텔 허가를 내주었다.

그녀의 계획은 하나하나 들어맞아 허가는 받았는데 문제는 자금이었다. 수백 억대의 돈이 소요되는 관광호텔의 건축자금을 어떻게 마련하나? 그녀는 백방으로 수소문한 결과 관광호텔 신축자금 대출은 주로 산업은행에서 취급한다는 것을 알아냈다.

그녀는 서울에 소재한 산업은행을 찾아갔다. 대출 담당자를 만났다. 산업은행의 대출은 만만하지 않았다. 그녀는 최선의 열의와 신념을 가지고 대출의 필요성과 타당성을 설명했다. 그들을 납득시키기 위하여 관계자들을 서울에서 주왕산까지 여러 차례 내려오도록 시도 하기도 했다.

산업은행 대출 팀은 명문대 출신의 젊은 사람들로 구성되었으며, 대출 관련 업무에서 베테랑이었다. 특히 대출팀 팀장, 조민식 과장의 태도는 친절하고 합리적이며 이론 역시 완벽했다. 조금이나마 문제가 있는듯하면 철저히 준비된 자료를 바탕으로, 명쾌하게 대출의 부당성을 설명했다.

"문화관광부에서 이미 타당성 조사가 다 끝나 관광호텔의 허가도 내주었는데 어찌 산업은행에서는 대출에 이리 소극적이신가요."

조 과장을 상대로 한 그녀의 설득 작전이 시작되었다.

"문화관광부의 입장과 산업은행의 입장은 다릅니다. 문화관광부는 대출해서 상환을 하지 못할 경우 큰 문제가 없기 때문에 쉽게 허가를 내준 것이고, 산업은행에서는 상환의 부실이 있을 경우 그 책임까지 져야 하는 부서이기에 당연히 다를 수밖에 없는 것입니다."

"문화관광부의 입장이 산업은행의 입장과는 동일하지 않겠지만 문화관광부에서 허가사항으로 명시한 것 중, 관광호텔 건축은 지역의 발전과 주민의 일자리 창출에 결정적 도움이 된다고 명시하고 있습니다. 산업은행은 다른 은행과 달리 국책은행이라, 대출 상환에 대해 두려워만 할 것이 아니라 지역발전과 주민의 일자리 창출에도 관심을 가지고 신경을 써야 하지 않겠습니까?"

그녀의 말은 조리 정연하고 예리했다.

"물론 산업은행은 국책은행이기에, 국가발전이나 지역발

전에 대한 관심도는 다른 은행과는 다릅니다. 대출 업무에서
는 그러나 그런 추상적인 애국심만 가지고 대출하는 것은 경
영 논리로는 맞지 아니합니다. 경영 논리가 맞지 아니한데 어
찌 애국을 할 수 있겠습니까?"

대출 팀의 반격도 녹녹하지 않았다.

"추상적 애국심이라고요? 경영 논리에 맞지 않으면 애국도
할 수 없다는 말에 동감합니다. 그러나 대출은 경영자의 담보
능력보다는 사업에 성공할 수 있는 능력이 오히려 더 중요한
대출 사유가 된다고 봅니다. 조 과장님은 내가 대구에서 무
일푼으로 시작한 사업이 근 몇 년 만에 큰 성공을 이루었다는
사실을 모르시지요?"

조 과장에게 그녀는 사업에 성공할 수 있는 능력에 대해
강조한다.

"아니요 잘 알고 있습니다. 우리가 대출을 고려할 때는 사
업자가 담보로 낸 재산 못지않게 사업자의 경영능력을 더욱
면밀하게 검토하고 있습니다. 우리 은행에서 조사한 결과 윤
사장님의 경영능력은 정말 탁월하였습니다. 이렇게 단기간
에 회사를 발전시킨 추세로 보아 윤 사장님은 머지않아 우리
나라의 대기업 총수가 될 수도 있다고 예측됩니다. 저는 사장

님 대출을 위하여 사장님의 성공에 대한 근거가 무엇인가 검토해 보았습니다."

조 과장은 그녀에 대한 무한한 존경의 눈빛을 보내며 말을 이어 갔다.

"제가 조사한 바로는 윤 사장님은, 다른 성공자들처럼 선대로부터 물려받은 자산에 의존하지 않으셨습니다. 학연이나 지연의 덕을 본 사람도 아니었습니다. 타고난 두뇌와 용기, 통솔력이 사장님을 단기간에 성공하게 하였다는 사실입니다. 윤 사장님 성공의 모델은 이 시대의 흐름과 무관하지 않습니다.

저는 남들이 다 부러워하는 명문 대학을 나왔고, 사람들이 좋다는 산업은행에 입사하였습니다. 말하자면 선망의 대상이 되는 좋은 스펙을 잘 쌓은 셈이지요. 그래서 이미 30세 이전에 이런 은행의 과장이 되었는데 그 후에는 매우 허탈했습니다. 왜냐? 이 시대는 스펙만 가지고 출세하는 농경사회가 아니고, 제조업으로 잘 살던 산업사회도 아니었습니다. 저는 그것을 몰랐던 것입니다. 저는 죽었다 몇 번 깨어난다 해도 지식산업사회의 성공적 모델로 수백억 달러의 재산을 모아 세계적 부자 반열에 오른 미국의 빌 게이츠를 따라잡을 수 없기 때문입니다.

저는 시대의 흐름을 잘못 판단하고 농경시대의 사고방식 즉, 좋은 스펙만이 최고라는 잘못된 사고방식을 가지고 있었던 것입니다. 아마도 머지않아 빌 게이츠는 지금 세계의 부자 브루나이 왕을 제치고 세계 최고의 부자가 될 것이 틀림없습니다. 현재의 최고 부자 브루나이 왕은 말하자면 제조업으로 성공한 케이스이기 때문입니다.

윤 사장님은 빌 게이츠처럼, 지식산업사회라는 이 시대의 명칭에 걸맞는 체질을 지니신 분이고, 적수공권赤手空拳으로, 오직 뛰어난 머리 하나로 성공하신 분이었습니다. 제가 윤 사장님을 존경하는 것은 바로 제가 바라던 성공의 롤모델이기 때문입니다."

조 과장 그는 자신의 예를 들면서 계속 설명을 이어갔다.

"회사 내에서 비록 원하시는 대출 액수에 비하여 담보로 제출한 액수가 적어도 윤 사장님의 탁월한 경영능력을 참고하여 대출해주자는 의견도 만만치 않았습니다. 그런 논의 과정에서 저 역시 윤 사장님 편이 되었습니다만, 대출이 어렵게 된 결정적 이유가 발견되었습니다. 그것은 최근 몇 년간 청송에 주왕산을 관광한 관광객의 수효가 너무 완만한 증가추세를 이루었다는 불리한 통계자료 때문이었습니다. 이런 관광객의 내방來訪 추세로는 아무리 좋은 관광호텔을 신축해도 관광 붐을 일으켜 성공하기 어렵다는 평가가 내려진 것이 대출을 어렵게 하는 이유가 되는 것이지요."

똑똑한 젊은이가 그녀의 실력을 인정해주는 이야기를 듣자, 그녀는 마음이 흐뭇하고 든든하기는 했다. 그렇다 해도 대출에 대한 부정적인 답변 앞에서 물러설 수는 없었다.

"산업은행에서 저의 능력을 조사하셨다니 잘 아시겠습니다만, 저의 사업은 항상 무에서 유를 창조한 사업이었습니다. 허허벌판에도 제가 가게를 차려 놓으면 항상 사람들은 모여들었고, 허허벌판은 곧 활기찬 마을로 변하곤 했습니다. 제가 이번에 관광호텔을 지을 수 있게 대출을 해주신다면 저는 제가 새로 기획한 온천을 개발할 것입니다. 그러면 틀림없이 청송군으로 오는 내방객을 몇 배로 증가시킬 자신이 있단 말입니다."

그녀의 실력을 제대로 모르면서, 은근히 무시하는 듯한 애송이 과장의 말에 그녀는 강한 불쾌감을 표시했다. 조 과장은 그녀의 말에 즉시 반박하지 않고 잠시 침묵을 지켰다. 그가 곧 말을 이었다.

"물론 윤 사장님 같은 분이 허허벌판을 북적거리는 마을로 만든다는 것은 충분히 가능한 일이고, 조금 전 말씀드린 대로 윤 사장님의 저력은 그럴 능력을 이미 구비하셨다고 생각합니다. 그런데 사실 몇 년 전 윤 사장님과 동일한 조건을 가진 사람, 워낙 유명한 사람이어서 사장님도 알고 계실 것이겠습니다만, 경산 그룹의 박 회장님이 담보 자금은 적은 대신, 사업을 성공시킬 자신의 능력을 쭉 설명하며 대출의 필요성과 타당성을 제시하셨습니다. 은행 측에서도 그의 말이 대단히 진정성이 있다고 보아 결국 그의 열의를 믿고 대출을 허가해 준 적이 있었습니다. 그분은 결국 말과 행동이 달랐고, 대출 상환에 실패하고 말았습니다. 그러므로 윤 사장님의 그런 말씀은 지금 은행 여건으로 보아 아무래도 통하기 힘들 것입니다."

그녀는 조 과장의 침착하고도 논리적인 말에 더 이상 대출에 대한 자신감을 잃게 되었다.

깨달음의 시작

늘 자신만만했고 매사에 거침이 없던 그녀였다. 산업은행 엘리트들의 똑똑함, 그리고 성실함에 놀랐다. 그녀는 자신의 부족함으로 인하여 새로운 열등감이 생기게 되었다. 그러나 저러나 어떻게 대출 자금을 마련하고 이 대망의 사업을 성취할 수 있을까 생각하니 앞길이 막막했다.

그녀는 문득 K국회의원이 떠올랐다. K국회의원은 3선 국회의원으로 그녀의 레스토랑 사업을 많이 도와주었다. 그녀 또한 적지 않은 선거자금을 지원해주었다. 그녀는 과거의 기억을 떠올린 것이다. 곧바로 K국회의원을 만나러 집을 나섰다.

그녀의 어려운 사정을 듣고 K국회의원은 낙천적 성품 그대로 즉석에서 답변해주었다.

"너무 염려하지 마시오, 본래 국책은행의 대출은 일반은행보다 더욱 까다로워요. 내가 M은행의 주병선 행장을 소개해 줄 테니 그분에게 찾아가 잘 설득해 보시오. 주 행장님은 상당히 합리적이고 너그러우신 성품이며, 또 내 부탁이면 아마도 윤 사장의 대출을 도와줄 것이 틀림없을 거요."

그녀는 M은행의 주병선 행장을 방문했다. 아버지 뻘이 되는 주병선 행장은 생각보다 매우 점잖았다. 딸 또래의 그녀에게 깍듯이 공대하고 그녀가 주장하는 사업성을 성의껏 경청하면서 메모했다. 몇 가지 질문을 하고서는 좀 생각해 보자고 했다.

그녀는 몇 번 M은행을 출입하던 끝에 드디어 주병선 행장으로부터 대출 승낙을 얻어내게 되었다. 그녀는 떨 듯이 기뻤다. 천하를 얻은 듯 감사했다. 당장 관광호텔이 다 지어진 듯, 눈에 보이는 듯했다. 이제야말로 고향의 은혜를 갚을 수 있다는 생각에 마음이 흐뭇했다.

어렸을 때 고향에서 홀대받던 깊고 깊은 한을 풀 수 있게된 것이었다. 그녀는 또다시 '내가 하는 일에 절대 실패는 없다'는 오만한 생각을 갖게 되었다.

M은행에서 대출이 해결되자 산업은행에서 받은 상처는 말끔히 가셨다. 의기양양하여 M은행 문을 막 나서려는데 본점 영업부에서 사무를 보는 사람 중 한 사람이 눈에 들어왔다. 어디선가 본 듯 낯이 익었다. 아! 그녀는 깜짝 놀랐다. 20년 전 그녀의 첫사랑, 그녀에게 무참한 수모를 안겨준 이동연이었다.

"아. 이동연 씨!"

그녀는 자신도 모르게 큰 소리가 튀어나왔다.

"어! 윤명자 씨 아니시오?"

그도 역시 무척 반가웠던가. 잠시 후 윗사람에게 양해를 구하더니, 한가한 자리로 그녀를 안내한다.

"이동연 씨! 나는 늘 동연 씨를 생각하면 서울대를 갈 청송의 수재, 법관이 될 유망주라고 생각하였습니다. 은행도 좋은 직장이라 하지만, 어째서 동연 씨는 사람들의 기대와 달리 은행에 근무한단 말이에요?"

그동안의 일을 이야기하기도 전에, 기대에 못 미친 그의 모습을 본 아쉬움 때문에 튀어나온 말이었다. 그가 변명을 늘어놓았다.

"명자 씨! 명자 씨는 잘 모르겠지만 이 은행은 은행 가운데 최고 은행이라고요. 서울대를 나온 기라성 같은 수재들도 재수를 해서 들어오는 은행이란 말이요. 그런 은행에 나는 단번에 합격했어요. 이 곳에 들어온다고 다 외국 근무를 하지는 못해요. 나는 대번에 독일어 시험에 합격하여 독일의 프랑크푸르트 지점에서 3년간 근무했다고요. 비록 해외 근무로 인해 진급이 다소 늦어져서 아직은 대리지만 사람들은 M은행 프랑크푸르트 지점에서 근무한 사람이라 하면 수재다! 대단하다! 하고 놀랜다고요. 그리고 내가 나온 S대학교는 서울대만 못하지 않은 좋은 학교예요. 하버드대학 박사도 많이 배출하고 사법고시도 많이 합격한 명문대학이예요. 사람들에게 물어보세요."

　그는 그녀의 안부는 조금도 묻지 않고, 여전히 20년 전의 촌 여자로 생각하는 눈치였다. 자신의 자랑만 늘어놓았다. 이동연의 그러한 태도가 못마땅했지만 예전에 한때 사모하던 정이 아쉬워서 그녀는 좀 더 이야기를 나누고 싶었다.

　"동연 씨, 시간이 허용하면 근처 찻집에 가서 이야기를 더 나누고 싶은데요."
　"아, 그래요, 여기서 택시를 타고 10분쯤 가면 주위 경관이 좋은, 멋진 찻집이 있어요 내가 안내하리라.”

　그는 그렇게 말하고는 부지런히 택시를 부르러 가는 것이다.

　“아니, 동연 씨! 내 차가 있어요. 내 차로 가요.”

　“명자 씨! 자가용 승용차가 있단 말입니까?”

　동연은 기사가 있는 그녀의 멋진 외제차를 보자 갑자기 잘난 척하던 태도를 바꾸었다. 차에 오르자 동연은 그녀에게 이것저것 묻기 시작했다.

　“그런데 명자 씨, 어째서 이 은행에 오게 되었어요?”

　“주병선 행장 좀 만나려고요.”

　“행장이라니. 주 행장님과 혹시 친척이 되나요.”

　“아니요. 관광호텔 신축 공사자금 대출 관계로요.”

　“대출이라면 나 같은 사람에게 찾아오지 어찌 행장을 만난단 말입니까? 행장은 그런 소소한 금액을 대출하는 사람이 아니예요. 그리고 관광호텔이라니 명자 씨는 관광호텔과 무슨 상관이 있어요?”

　이동연은 그녀를 예전의 가난한 여자로만 생각하는 것이었다. 그녀에 대한 선입견을 아직도 버리지 못한 채, 일방적으로 경시하는 듯한 말투에 그녀는 심한 역겨움을 느꼈다.

　그녀는 그간 사업에 성공한 이야기, 그리고 더 큰 꿈, 국회의원이라는 거창한 꿈을 이루기 위하여 관광호텔을 경영하려는 이야기, 유명한 현직 국회의원의 소개로 주병선 행장을 만난 이야기를 소상하게 해주었다. 거들먹거리고 잘난 척하던 이동연의 태도가 돌연 공손해졌다.

"주병선 행장님 참 인품이 좋고 실력도 있는 분이지요. 나는 이 은행에 10년간 근무했지만 행장님을 단 한 번도 만난 적 없고, 행장실에도 가본 적이 없는데 어찌 명자 씨는 만나기 어려운 행장을 수시로 자주 만난단 말입니까?"

그녀는 비굴하리만치 저 자세로 변한 동연 씨의 얼굴을 물끄러미 바라보았다. 예전 고교 시절의 참신한 멋, 단정했던 얼굴은 하나도 남아 있지 않았다. 그는 오직 돈과 명예만을 위해서 이전투구하는 매우 저열하고 그저 그런, 사회인의 모습만을 보일 뿐이었다.

순간, 그녀는 몹시 후회스러웠다. 저렇듯, 세속적인 얄팍한 사유 체계를 가진 이동연이란 남성을 사모했단 말인가? 그녀는 열등감에 가득 차 있던 자신의 과거가 다시 부끄러워졌다. 한때나마 첫사랑으로 간주하고 두고두고 그리워했던 그였지 않은가. 자신이 어리석었다는 것을 속속들이 알게 되어 크게 실망했다.

일류 간판만 추구하는 이동연, 은행 대리 직책 정도를 자랑스럽게 떠벌리는 그는, 얼마 전에 만난 산업은행의 조 과장과 비교해도 한참 뒤처지는 수준인 것이 드러났다. 그녀는 그에 비하면 무엇 하나 내세울 간판은 없다. 그러나 척박한 환경에서 출발하여 무에서 유를 창조한 행적은 스스로 생각해도 너무나 자랑스러웠다.

주병선 행장님의 따뜻한 배려로 관광호텔 공사가 상당히 진척되었을 무렵, 그녀에게는 일생 처음이라 할 무서운 시련이 닥쳐왔다. 그것은 신임 노태우 대통령의 공약 즉, 200만 호 주택을 신축한다는 발표였다.

'1기 '200만 호 건설' 분당 등 5곳 동시 개발'

정부는 서울지역 집값이 폭등했을 때 수도권 신도시 건설 계획을 내놨다.

분당 일산 평촌 산본 중동 등. 1기 수도권 신도시는 노태우 정부가 1988년 5월 정권의 명운을 걸고 발표한 '200만 호 주택 건설 추진 계획'의 핵심 프로젝트였다.

당시 부동산시장은 1986년 아시아경기 및 1988년 올림픽 개최에 따른 대규모 개발사업과 '3저(저유가, 저환율, 저금리) 호황'으로 자금이 넘쳐났다. 또 주택이 절대적으로 부족한 시기였다. 급등한 전세금 문제로 자살하는 사람까지 나오고 '정권 심판론'이 제기될 정도였다.

당시 정부는 획기적인 공급 확대 방안 마련을 목표로 청와대에 '서민주택 실무기획단'을 설치하고 신도시 개발을 진두지휘했다. 이때 눈에 띄는 것은 후보지 선정 과정에서 개발제한구역(그린벨트)은 배제했다는 점이다. 그 결과 1기 신도시는 서울을 둘러싸고 있는 그린벨

트를 넘어서 조성됐다. 서울 도심으로부터는 20~25km 떨어진 곳으로 결정됐다.

후보지와 개발 규모가 확정되자 토지 수용. 택지 조성, 아파트 건설 공사가 빠른 속도로 진행됐다. 집값 안정이라는 목표를 달성하기 위해 최대한 빨리 아파트를 짓는 게 지상과제였기 때문이다. '속도전'이 펼쳐지면서 부작용도 나타났다. 단기간에 많은 물량을 지어야 하다 보니 모래나 시멘트 등 건자재 파동이 일어난 게 대표적이다.

이와 같은 내용이 신문에 공개되자 건축자재 값이 급격히 폭등했다. 당초 약 300억 원이면 가능한 공사가 500억 원으로 자금이 증가될 판이었다. 300억의 거금도 근근 대출했는데, 당장 200억 원이 더 필요하게 된 것이다.

부족분 200억을 어디서 대출하나? 매사에 낙관적인 그녀였지만 눈앞이 깜깜했다. 매달리고 사정할 그 누구도 발견할 수 없었다. 결국 그녀는 늘 마지막에 의지하는 부처님께 매달리기로 마음을 정했다. 늘 다니던 부인사 성타스님에게 전후 사정을 대강 말씀드렸다. 스님께서는,

"이 시련은 너를 부귀영화의 세속 세계에서 부처님 세계로 인도할 고마운 시련이다. 누구를 원망하지도 말고 세상을 탓하지도 말아라. 오로지 일심으로 관음경을 읽고, 미 음으로 관세음보살을 염하며, 인생을 처음 살 듯, 부처님의 세계로 들어가라. 당장 오늘부터 관세음보살을 염하고 틈나는 내로 부

처님께 절하여라."
라고 말씀하셨다.

　그녀는 부인사 주지 성타스님의 말씀에 순종했다. 이번 일
은 돈과 명성만을 쫓아 정신없이 살아온 결과였다. 그녀에게
다른 방법은 없었다. 주야로 시간을 내서 묘법연화경 관세음
보살보문품을 지성으로 읽어나갔다.

　　　가사흥해의(假使興害意)

　　　어떤 사람이 해치려는 뜻을 일으켜서

　　　추락대화갱(推落大火坑)

　　　큰 불구덩이에 밀어 떨어지게 하더라도

　　　염피관음력(念彼觀音力)

　　　저 관음을 생각하는 힘으로

　　　화갱변성지(火坑變成池)

　　　불구덩이가 변하여 못을 이루며,

　　　혹표류거해(或漂流巨海)

　　　혹은 큰 바다에 빠져서

　　　용어제귀난(龍魚諸鬼難)

　　　용과 고기와 모든 귀신의 재앙을 만나도

　　　염피관음력(念彼觀音力)

　　　저 관음을 생각하는 힘으로

파랑불능멸(波浪不能滅)
파도와 물결이 해롭게 하지 못하리라

그녀는 관세음보살보문품에서 일컫는 혹표류거해或漂流巨海 용어제귀난龍魚諸鬼難, 큰 바다에 빠져 용과 고기와 귀신의 재난을 당하고 있는 형국이었다. 그녀를 살릴 수 있는 유일한 힘은 오직 관세음보살님 뿐이었다. 그녀는 관세음보살보문품을 읽고 또 읽었다. 또 한편으로 관세음보살, 관세음보살, 하면서 수없이 염송했다. 일심으로 관세음보살을 염하여도 막막한 형편은 풀리지 않았다.

시간은 무심히 흘러갔다. 무엇 하나도 바뀔 기미가 보이지 않았다. 어디서도 희망의 소식은 들려오지 않았다. 마음은 점점 황폐해지고 세상에 대한, 사업에 대한 의욕은 다 물거품이 되어갔다.

불과 몇 달 전까지 측천무후처럼 승승장구하는 삶에 취해서, 또 '철의 여인'이라는 별칭에 자만하면서, 불가능은 없다고 자신하던 그녀가 하루아침에 헤쳐 나가기 힘든 재난을 당한 것이다. 생각해 보면 자신을 측천무후 황제에 비교한 것도 부끄러웠다. 국회의원이 되고 싶은 욕심으로 관광호텔을 설립하려 한 것도 어리석었다.

생각할수록 후회막급이었다. 불원간 놀라운 기적이 일어

나지 않는 한, 그녀는 영원히 돌아오지 못할 길, 죽음을 선택해야 할지도 모르는 절체절명의 순간에 도달한 것이다. 그녀는 매일 밤 극심한 불면증으로 시달리는 몸이 되었고, 급기야 우울증 약을 복용하게 되었다.

그러던 어느 날이었다. 그녀는 갑자기 성타스님께서 말씀하시던 사리암에 가보고 싶은 충동을 느꼈다. 사리암은 대구에서 차로 출발하면 약 1시간 거리에 있었다. 사리암은 수많은 사람들이 기도의 효험을 체득한 이름난 성지였다.

그녀는 오르기 힘든 바윗길을 더듬어 사리암에 올라 지극정성으로 나반존자에게 절을 했다. 몇백, 몇천 배나 했을까. 온몸에서 땀이 비 오듯 흘러내렸다. 절을 하면서 몸이 지쳐가는 동안 우울한 마음은 조금씩 가셨다. 기적을 바라는 마음도 사라졌다. 근심걱정도 완전히 사라졌다. 마음이 완전히 텅 비어가는 느낌이었다. 그리고 즐거운 마음이 샘솟듯 했다. 어디선가 반가운 소식이 올지도 모른다는 예감이 들었다.

며칠 후, 뜻밖에 귀인이 나타났다. 레스토랑에 자주 찾아오시던 손님 김효관 씨가 그녀에게 전화를 걸어온 것이다. 전혀 예상하지 못한 일이 벌어졌다. 회생의 기미가 보였다.

그녀는 김효관 씨로부터 도움을 받아 관광호텔 사업을 기적적으로 마무리할 수 있었다. 부처님, 관세음보살님의 가피였다고나 할까. 그 후부터 그녀의 인생은 큰 변화를 맞이했다. 이제까지의 삶의 방식이 완전히 바뀐 것이었다.

　당나라 시대의 여자 황제 측천무후를 롤모델로 삼고 부귀영화를 위하여 치달리던 기복 불교의 철학은 완전히 사라지고, 마음이 텅 비어졌을 때 뜻을 이루게 된다는 노자老子의 무위이화無爲而化의 철학으로 바뀌고 있었다. 전에 사찰에 다닌 것은 그녀 개인의 성공을 위한 방편의 불교였다면, 이 사건이 발생한 이후에는 탐진치를 닦아 부처님 뜻을 받드는 불교로 방향이 전환된 것이었다. 전에는 그녀 자신과 가족을 위한 소극적인 삶을 살았다면, 이제는 자신의 영靈과 육肉의 건강을 챙기면서 여러 사람을 위한 삶, 대승적인 삶으로 바뀌게 되었다.

황토집을 짓다

그녀는 말했다. 누가 나에게 '당신은 세상을 어떻게 살았소?'라고 묻는다면 그녀는 누구에게나 서슴지 않고, '내 일생은 오직 기도와 사업 둘만으로 살았소'라고 말한다고.

그만큼 그녀는 일생의 많은 시간을 사업에 투자하였고, 기도로 많은 시간을 할애하였다. 가족을 위하여 시간을 보내고 취미 생활을 위해 시간을 보내거나, 보람 있는 그 무엇을 위해 시간을 투자하기보다는, 20대부터 시작한 사업의 성공, 사업의 성취를 이루는 기도에 모든 시간을 바쳤던 것이다.

사업이 한참 성공할 때, 그녀의 별칭은 〈철鐵의 여인〉이었다. 별칭 〈철의 여인〉은 불도저처럼 밀어붙인다는 뜻이다. 그러나 사업에 바치는 시간보다 기도에 바치는 시간이 길어지면서 그 별칭은 점점 퇴색하게 되었다. 철의 여인이라는 별칭이 퇴색하자 그녀에게 찾아온 것은 반갑지 않은 손님 즉, 육체적인 각종 질병이었다.

'아! 이렇게 사업에 전념하다가는 그로 인한 스트레스로 타고난 명을 못 살겠다. 이제는 사업이고 기도고 다 던져버리고 오직 내 건강에만 힘쓰겠다.'

그녀는 도시 생활, 아파트 생활에 염증을 느끼기 시작했고, 대구 근교의 산기슭에 전원주택을 짓고 싶었다. 멋진 전원주택을 짓자. 이왕이면 황토 한옥을 짓자. 원적외선이 나온다는 황토집, 피톤치드가 발한다는 편백나무로 지은 집에서 살면 모든 근심 걱정에서 벗어나게 되고, 고통스러운 질병에서 벗어날 수 있으리라고 여겼다.

그녀는 황토집의 효능에 대해 전문가의 설명을 듣기로 했다. 황토 전문가는 그녀에게 자신만만하게 황토집의 효능을 설명했다.

"우리 조상들이 흙을 어떻게 사용하였는지 아십니까? 조상들은 흙을 여러 분야에서 사용하였는데, 그 가운데 가장 효과적이고 집약적으로 사용한 데가 집이었습니다. 한옥은 재료적으로 볼 때 나무가 측면을 담당하여, 외력에 저항하는 형태로 집을 지탱하고 있습니다. 이것은 흙이 지붕이나 벽체, 바닥에 사용되어 주거환경의 요구조건을 담당하는 방식이라고 할 수 있습니다. 지붕에 쓰인 흙은 단열과 축열을 담당하고, 벽체에 쓰인 흙은 습도조절, 탈취 성능 등을 발휘하여 쾌적하고 건강한 주거공간을 만들어주고 있으며, 바닥에 쓰인 흙은 구들과 조합되어 열복사를 통한 난방기능을 담당하고 있습니다. 기초에서는 자갈, 돌과 같이 배합하여 다짐으로써 견고하고 친환경적인 기초를 구축하고 있습니다. 저는 일찍이 황토·시멘트 모형 집에 실험용 생쥐를 넣고 성장 실험을 한 적이 있습니다. 황토 모형 집의 쥐는 암수 모두 평균 55% 이상 성장한 반면, 시멘트 모형 집에서는 몸무게가 증가하지 않다가 암컷은 100%, 수컷은 20%가 폐사하였습니다. 또한 황토와 시멘트 모형 집 사이에 교통로를 만들어 실험용 생쥐가 어디에 위치하는가를 측정하였는데, 황토의 선호도가 72%로 시멘트 선호도 28%보다 훨씬 높게 나타났습니다."

황토 전문가로부터 황토 예찬의 이야기를 듣게 되면서 그녀는 우리나라에서 가장 좋은 황토 주택을 지을 결정을 내리게 되었다. 그녀는 당시 최고라 하는 한옥 명인이요, 문화재인 한옥 설계사를 초빙한다. 산기슭에, 널찍한 마당이 있고, 아름답게 꾸밀 정원도 확보하고, 운동 삼아 일할 수 있는 약간의 텃밭이 딸린 황토 한옥 주택을 설계하라고 그에게 부탁했다.

황토 주택에서 나온다는 원적외선을 쪼이고 텃밭에서 운동 겸 일하며, 산 뒤의 숲길을 산책하는 자신을 상상해 보았다. 이렇게 생활하면 스트레스로 찌들었던 그녀의 마음에 평화가 깃들고, 사업에 몰두하느라 쉴 사이 없이 혹사당한 몸이 건강을 회복할 것 같았다. 최고의 명인이 설계는 한다지만 시공施工은 누구에게 맡기나? 아무리 설계를 잘한다 해도 훌륭한 시공업자를 만나지 않으면 좋은 집을 지을 수 없을 텐데. 무슨 좋은 방법이 없을까 궁리했다.

그녀는 몇 년간 건설업에 종사하였던 과거 경험을 떠올리며 마땅한 시공업자를 물색해 보려고 했다. 이런저런 사람들을 생각해 보다가 문득 예전에 큰 건설회사 회장을 지냈던 강 회장이 생각났다. 그에게 부탁하면 좋은 시공업자를 만나게 되리라. 그녀는 곧 강 회장에게 전화를 했다. 꼭 1년 만의 전화였다.

"강 회장님, 안녕하세요?"

"어, 윤 사장 잘 지냈나. 왜 그렇게 통 소식이 없었소?"

"살기가 너무 바빠서요. 앞만 보고 달려오느라 근래 건강이 좋지 않아요. 도시의 아파트 생활을 청산하고, 황토 한옥을 지어 살고 싶은 생각이 들었습니다. 황토 한옥을 짓는 이유는 제 건강 때문만은 아닙니다. 제가 사는 날까지 살다가 인생 말년에는 스님들의 공부방으로 희사하려는 목적도 있습니다. 강 회장님도 아시다시피 저는 독실한 불교 신자가 아닙니까? 명상실冥想室을 편백나무로 만들면 명상이 잘된다고 하지요. 참선하는 스님들에게 황토 주택은 최상의 수도처가 될 것입니다. 대한민국에서 최고의 황토 주택을 지으려면 시공을 할 마땅한 사람이 필요한데 제가 아무리 찾아봐도 사람이 없네요. 회장님, 혹시 잘 알고 계시는 시공업자가 있으면 저에게 알려주세요. 회장님! 제가 아쉬울 때만 전화를 드려서 죄송해요. 이해해 주세요!"

황토 한옥을 지으려는 윤명자 사장의 마음은 자신만을 위한 것이 아니라 더 높고 숭고한 데 그 뜻이 있었다. 그녀는 자기 자신보다 장차 수도자를 위한 건강한 공간을 염두에 두고 있었다. 윤 사장의 마음은 그대로 강 회장에게 전달되었다.

"허, 그래요! 그거참 갸륵한 생각이요. 그런데 내가 건설회사에서 은퇴한 지 10년도 넘었는데 어찌 지금 마땅한 시공업자를 발견할 수 있겠소. 더구나 그런 개인 주택은 내가 몸담았던 큰 건설회사에서는 아예 취급도 안 하던 일이고. 윤 사장도 건설회사 사장을 오래 하지 않았소? 호텔도 지어 보았

고, 아파트 사업도 하였으니 큰 건설회사 사장을 했던 나에게
묻기보다는 윤 사장이 직영하여 짓는 것이 더욱 효과적일 것
같은데."

10여 년 연상인 강 회장은 그녀의 고향 청송군 부동면(현
재 주왕산면)의 이웃에 살던 사람으로 누구보다도 그녀를 잘
알고 이해하는 분이었다. 그들이 태어나 자란 곳, 부동면 인
근에는 조선시대 농업용수를 저장하기 위해 조성한 주산지注
山池가 있다. 이 인공호수에는 수령 150년의 왕버드나무가 물
속에 뿌리를 드리우고 신비스런 자태를 뽐내고 있으며, 심한
가뭄에도 물이 마르지 않는다. 물과 왕버들과 기암괴석이 어
우러져 사계절 내내 절경을 이룬다. 고향 풍치만으로도 그들
은 천혜의 복을 타고났다고 하면 과언일까. 강 회장은 사사로
운 이야기부터 사업상 난제가 생기면 그녀가 가장 먼저 의논
하는 친숙한 사이였다.

"강 회장님이 회사를 그만두신 지 벌써 그렇게 되셨어요?
그렇지만 저 역시 건설회사를 접은 지 8년이나 되었습니다.
그러니 시공하는 사람 중 아는 사람은 하나도 없고요. 제가
비록 건설회사 경험은 좀 있다지만 제가 생각하는 한옥은 단
순하고 일반적인 건축 기술만 가지고 되는 것이 아니에요. 예

술적인 감각을 가져야만 좋은 집이 지어질 수 있다고 생각합니다.

단순한 건축 기술만 가지고서는 대한민국에 최고 가는 멋진 한옥 주택을 지을 수는 없겠죠? 회장님께서는 건설업을 하셨다지만, 대학 시절에 국문학을 전공하셨습니다. 강 회장님의 건축공학, 미학적인 안목이 저보다 훨씬 뛰어나실 것으로 알고 있습니다. 저는 건설업을 생각할 때, 거친 사람들, 골치가 지끈지끈 쑤시는 건설현장이 떠올라요. 아무리 저에게 능력이 있다 한들 어찌 그런 일을 다시 하고 싶겠습니까?"

강 회장이 듣기에 윤 사장의 말은 조금도 현실에 어긋난 게 아니었다. 건설현장의 자욱한 먼지와 소음은 아무리 차일을 쳐놓고 작업한다고 해도 어쩔 수가 없었다. 기계가 내는 소음 못지않게 사람 다루는 일은 그보다 몇 배 스트레스를 받는 일에 속했다. 강 회장이 답변했다.

"아니 윤 사장, 무슨 소리야. 내가 비록 국문학과를 나오고 청년 시절 한때 시인이 되려는 생각도 했지만 나 역시 노가다 판에서 20여 년을 뒹굴다 보니 예술적 감각이고 무어고 다 무디어져 버렸어. 오히려 윤 사장은 비록 나처럼 국문과를 나오지 않았지만 타고난 예술 감각이 있다고 생각해요. 윤 사장이 언제인가 지은 자작시를 내 친구 시인에게 보여주지 않았겠소. 그가 글자 하나 고칠 것 없는 대단히 훌륭한 시라고 극찬하던 것, 윤 사장 기억나죠? 윤 사장이야말로 빈곤을 벗고 부자를 이루었고, 천대받았던 어린 시절을 극복하며 많은 사람의 사랑을 받는 사람이 되었어요. 말하자면 윤 사장은 무에서 유를 창조하는 능력에서는 나보다 뛰어나요. 윤 사장은 예술적으로 뛰어난 한옥을 지을 수 있을 거야. 내가 확신해요. 대한민국에서 최고의 한옥을 지으려면 시시한 시공업자에게 맡기지 말고 윤 회장 당신이 직접 하라고. 내 의견을 새겨들으면 반드시 좋은 방안이 나올 거야."

그녀는 집을 짓고, 시를 창작하는 자신의 실력을 전폭적으로 지지해주는 강 회장의 진심이 담긴 격려에 고무되었다. 용기가 불끈 솟았다. 그녀의 마음은 곧장 십수년 전의 패기만만하였던 젊은 시절의 건설현장으로 달려가고 있었다. 주변에 그녀를 응원해주고 힘을 실어주는 사람, 더구나 한 고향 인생 선배가 존재한다는 것은 그 일의 진행과 성패에 지대한 영향을 미친바 되었다.

그녀는 강 회장의 조언을 받아들여 건설회사를 해본 자신의 경험에 의거하여 문화재 명인으로부터 받은 황토 한옥의 설계도를 확인했다. 임명된 시공업자로부터 건축계획서를 받은 후 공사계획을 꼼꼼하게 검토해 나갔다. 그녀의 건강 증진은 물론, 부처님께 드리는 황토 한옥이기에 꼭 필요한 세 가지 재료를 구하는데 온갖 정성을 다 기울였다.

세 가지 재료는 1. 충분한 분량의 좋은 황토, 2. 잘 만들어진 황토 벽돌, 3. 잘 깎고 잘 다듬어진 목재였다. 숯은 나쁜 물질을 잘 흡수하는 특성을 지녀, 황토집을 짓는 데 필수라고 한다.

먼저 제독제 역할을 하는 숯을 대량 마련하였다. 질 좋은 황토벽돌, 점성이 좋고 모래가 덜 섞인 벽돌을 구하기 위해 전국을 헤맸다. 마침 해인사 근처의 황토벽돌이 좋다기에 직접 실험을 해보기로 했다. 모래의 성분이 거의 포함되지 않은 질 좋은 황토벽돌을 확인한 후, 다량을 구입했다.

자재 구매가 일단락되자 황토집 공사가 시작되었다. 팔공산 기슭에 전망 좋은 비산비야의 장소, 약 400여 평의 터를 잡고 땅을 4~5m 파고 철근 콘크리트로 기초를 다진 뒤, 황토에 숯과 소금을 동시에 섞어 1m 이상 덮었다. 측벽을 쌓을 때에도 황토벽돌과 황토벽돌 사이에 숯을 넣어, 벽으로부터 스며드는 제독 제습의 효과를 얻도록 했다.

나무를 깎고 말리는데 1년이 소요되었다. 일체 못을 사용하지 않았으며, 일반 기와는 그 중량 때문에 집에 너무 많은 부하負荷가 걸리는 단점이 있어 비록 값이 비싸지만 동銅기와로 할 것을 지시했다.

문화재 전문위원의 설계 및 목재의 확보, 그리고 그녀의 건설회사 경영의 경험에 비추어, 튼튼하고 건강에 좋은 건축 방법을 연구, 오로지 부처님께 드리는 한옥이라 생각하면서 이에 어울리는 최고의 자재를 선택한 것이다.

공사 기간 2년 동안 투자된 액수는 당시 사찰 건축의 2배가 되는 규모로, 낙성된 날 보니 그녀가 처음 원을 세운 그대로의 형태였다. 즉 대한민국의 최고의 황토 한옥이었다. 예술 작품으로서도 손색이 없었다.

드디어 낙성식 날이었다. 많은 스님들과 신도, 하객들이 참석하여 축하해 주었다. 그들은 한결같이 이런 아름다운 건축물을 만든 그녀에게 찬사와 덕담을 아끼지 않았다. 특히 강 회장님은 그녀를 극구 칭찬했다.

"과연, 윤 사장이야! 벌써부터 나는 윤 사장이 큰일 할 줄 알았어. 역시 무에서 유를 창조하였군. 돈 버는 데만 소질이 있는 줄 알았는데 이렇게 엄청난 예술 작품을 만들다니, 참으로 대단해요!"

윤명자 사장이 2년간 직접 진두지휘하여 지은 팔공산 자락의 황토집

그녀는 이 집을 사는 날까지 살다가
인생말년에는 수도자들의 수행공간으로 희사할 생각으로
정성껏 지었다고 한다.

제
2부

금강경의 위대함

팔공산 기슭에 황토 주택을 짓고, 그곳에 산지 10여 년이 되었다. 각종 스트레스로 만신창이가 된 그녀의 몸과 마음은 점차 회복의 기미를 보이기 시작했다.

우울증 약을 통해서만 마음을 안정시킬 수 있던 그녀가 약을 끊고서도 지낼 수 있는 상태가 되었다. 불면증으로 늘 잠을 설쳤지만 이제는 잠을 잘 잘 수 있게 되었고, 약간의 음식이 들어가면 더부룩하던 위에도 밥맛이 돌아왔다.

그녀는 역시 황토 주택 짓기를 잘했다, 황토는 건강에 유익해 참 좋다, 라고 생각했다. 황토 주택 건축에 더욱 보람을 느끼게 한 것은, 건축 이후 상당 부분 날렸던 재산이 점차 늘어나면서, 상위 1%의 부자 반열에서 탈락할 위기를 모면하게 되었다는 사실이었다.

망했다 하면 일어서고, 죽었다 하는데 다시 살아나는 그녀였다. 그녀는 지난날 고생했던 일을 회고하면서 몹시 힘들 때 찾아갔던 한 역술인을 떠올렸다. 역술인 L 씨는 고 박정희 전 대통령이 5·16거사를 일으키기 전 거사가 성공할까 실패할까를 상담하였다는데, 생사의 기로에 선 박 전 대통령에게 L 씨는 단호하게 말했다.

"좋다! 결행하라."

L 씨의 예언대로 박정희 장군은 5·16을 성공으로 이끌었다는 것이다.

사업 성패에 대한 염려로 심신이 괴로워 절박한 마음이었던 그녀는 L 씨를 찾아갔다. L 씨는 그녀를 유심히 보더니 글씨로,

"용지불갈用之不渴!"

넉 자를 써주었다. 그 넉 자는 아무리 써도 메마르지 아니한다는 의미였다.

L 씨가 그에 대해서 설명을 덧붙였다.

"아무 염려마시오. 당신의 일생은 재복財福이 마르지 않는

샘과 같소. 마르다가도 파면 다시 나오는 샘처럼, 어려움이 있다 해도 항상 재기할 것이며, 평생 넉넉한 재산이 당신을 떠나지 않을 것이오."

화려한 전성기에 비해 많이 기울어 가는 그녀의 사업에 더없이 밝은, 희망의 예언이었다. L 씨가 예언한 대로 그녀에게 재기의 서광이 비치기 시작했다. 그녀는 L 씨의 예지력이 대단히 탁월하다고 감탄하지 않을 수 없었다.

그녀는 곰곰 생각해 보았다. 어째서 역경을 딛고 성공할 수 있었으며, 또한 성공의 길목에서 내리막길을 걸었나? 내리막길을 가는 듯하다가 다시 또 일어서게 되었을까? 그 원인이 무엇인가를.

늘 동분서주하던 그녀의 마음이 그날따라 유난히 평온했다. 우람한 대들보가 설치된 한옥 거실에서 TV의 이 채널 저 채널 돌려 보는 중이었다. 그녀는 한 방송 채널에서 갑자기 채널 돌리기를 멈추었다.

스님들만 자주 나오던 채널에서 그날은 신사복을 말끔히 차려입은 한 신사가 강연을 하는 것이 특이했기 때문이다. 그는 첫인상이 단번에 쭉 빨려들 것 같은 정도로 온유한 느낌을 주었다. 말씨도, 말소리도 매우 겸손했다.

그는 H 대학에서 불과 얼마 전에 퇴임한 교수로, 〈상락아정常樂我淨연구소)를 설립하여, 후학을 양성하고 있는 장혜운 교수였다. 인상과 말씨보다 더욱 그녀의 눈길을 끄는 것은 매력적인 강의 내용이었다.

"사람들이 뜻을 이루는 데에는 세 가지 방법이 있습니다. 하나는 자신 속의 무한한 능력을 활용하는 방법으로, 주로 근래 미국 사회에서 통용되는 보편적 성공법입니다. 이 방법은 1866년에 태어난 미국의 작가이며 사업가인 찰스 해넬 (Haanel, Charles F)의 방법으로, 그 후 우후죽순처럼 출간된 수많은 자기계발서들은 모두 해넬의 책이 모체가 되었습니다. 빌 게이츠를 비롯한 세계적 CEO들은 대개 찰스 해넬의 방법에 의해 불가능하다고 여겨지는 각종 사업을 성공적으로 이끌게 되었던 것입니다.

해넬이 말하는 소원을 이루는 방법은 어떤 것인가. 외부 세계는 내부 세계의 그림자일 뿐입니다. 마음이 원인이고 세상은 결과입니다. 외부의 결과를 바꾸려면 원인인 마음부터 바꾸어야 합니다. 인생을 바꾸고 싶다면 당신의 생각을 바꾸십시오.

실패를 마음에 그리면 실패가 나타나고, 성공을 마음에 그리면 성공이 나타납니다. 인간의 마음에는 그리는 대로 만드는 위대한 능력이 있는 것입니다. 또 당신이 하려고 뜻을 세우신다면, 이왕이면 최고의 것을 성취하겠다는 포부를 가지십시오. 왜냐하면 마음이 가진 신비한 힘, 그것은 어떤 최고의 포부를 세우더라도 이를 현실로 만들어 내는 위대한 힘이 있기 때문입니다.

우리나라에도 찰스 해넬의 보편적 성공법을 실천하여 위대한 업적을 이룬 사람이 있었습니다. 바로 C 목사입니다. 아시는 것처럼 C 목사는 수십 년 전 아주 보잘것없는, 초라한 개척교회의 목사였습니다. 어린 시절 C 목사는 너무나 가난해서 여러 가족이 단칸방에 살았다고 합니다. 게다가 그는 고교 재학 중 폐결핵에 걸려 학교도 못 가고 누워 지내는 처지였습니다. 어느 날 그는 미군 부대 쓰레기통에서 책 한 권을 주워왔습니다. 영어책이었다고 합니다. 그 책으로 그는 영어를 깨우치게 되었고, 좀 더 세월이 지나간 후 주의 종을 만났습니다. 폐결핵 환자인 그의 인생에 일대 반전이 일어난 것입니다.

그는 여의도의 모래벌판에 엎드려 주야를 무릅쓰고 하나님께 기도를 바쳤습니다. 이 허허벌판 모래밭에 하나님의 성전을 세우게 해달라고 죽기 살기로 빌었습니다. 그가 바라는 것은 작은 교회가 아니었습니다. 그는 처음부터 세계 최대의 교회를 꿈꾸었습니다. 그는 성경에 근거한 해넬의 책을 읽고 또 읽어, 세계 최대 교회와 한마음이 되었습니다. 세계 최대

교회를 마음에 간절히 그린 그림이 몇십 년 후 바로 현실로
나타난 것입니다."

　여기까지 들었을 때 그녀는 머리를 한 대 탕! 하고 얻어맞
은 기분이 들었다. 가난하고 천덕꾸러기였던 그녀가 극히 짧
은 시간에 큰 부자가 되고, 많은 사람의 사랑을 받게 된 것은,
그녀 자신도 모르게 찰스 해넬의 방법을 잘 활용하였기 때문
이라는 것을 깨닫게 된 것이다.

　어렵고 고생스럽던 젊은 시절, 그녀에게 유일하게 희망을
주고 용기를 주었던 인물은 당나라 시절 여자 황제 측천무후
였다. 그의 뛰어난 미모와 성품 그리고 여성으로서 더 이상
누릴 수 없는 부귀영화의 극치는 그녀에게 부러움의 대상이
고, 존경의 대상이었다. 책을 읽고 또 읽으면서 어느덧 그녀
의 마음이 측천무후와 한마음이 되어가면서 가난한 마음은
부자 마음으로 바뀌게 되었던 것이다. 사람들에게 경천을 당
하던 마음은 오히려 그런 사람들을 불쌍히 여기는 상불경보
살常不輕菩薩의 마음으로 바뀌었던 게 아닌가.

　묘법연화경 상불경품에는 적敵, 즉 그를 욕하고 때리는 나
쁜 사람도 모두 구하여 나한으로 만드는 상불경보살이 등장
한다. 이 상불경보살은 천대하고 폭행을 가하는 사람을 만나
도 그 몸속에 깃든 불성을 믿고 예배드렸다. 그들을 경멸하지

않았다. 불쌍히 여겼다. 욕하고 때리는 사람들 마음속에도 불성이 있기 때문이었다.

그녀는 부자가 되어도 보통 부자가 아닌 측천무후처럼 큰 부자가 되는 것을 상상하였고, 상상 속에서 그녀는 마침내 측천무후처럼 만인의 사랑을 받는 존재가 되고 있었다. 내부가 풍요로워지면 외부도 풍요로워진다는 찰스 해넬의 방법을 그대로 실천한 결과, 그녀는 부와 명성을 함께 이룬 것이었다. 그런데 장혜운 교수의 강의를 듣는 가운데 그녀는 『원효대사』라는 소설책에서 읽은 원효스님과 의상스님의 이야기가 떠올랐다.

원효와 의상은 두 번째 중국 유학의 길에 올랐다.
원효는 신라의 승려로서 불교의 진리를 더 깊이 배우고 깨닫기 위해 의상과 함께 당나라로 유학길을 떠났다. 두 사람은 당나라로 가는 도중 길에서 하룻밤을 묵게 되었다.
원효는 밤중에 목이 말라 마침 머리맡에 있던 물을 마셨는데 그렇게 시원할 수가 없었다. 아침에 깨어나서 보니 간밤에 마신 물은 해골에 괴어있던 썩은 물이었다. 원효는 해골 물을 마신 것을 알자 구역질이 나 견딜 수가 없었다.
이 순간 원효는 큰 깨달음을 얻었다. 해골에 고인 물인 줄 모르고 물을 마실 때는 시원했으나, 그 물이 해골에 고여 있었다는 것을 알고 난 뒤에는 구역질이 나는 것을 보고, 원효는 불경의 한 구절을 기억했다.

종종심생(種種心生) 종종법생(種種法生)
종종심멸(種種心滅) 종종법멸(種種法滅)

마음속에 일어난 분별심은 그대로 현실에도 실제처럼 나타나고
마음속의 분별심이 사라지면 현실 세계도 실제처럼 나타났던 현실이 사라진다.

모든 것은 마음에 달려 있다는 깨달음을 얻은 원효는 당나라 유학을 포기하고 의상과 헤어져 경주로 돌아왔다. 그 후 원효는 불교의 엄한 계율에서 해방되어 자유로이 지내며 백성들 속으로 파고들어 불교의 대중화에 힘썼다.

불교가 서민 계층에까지 널리 퍼지게 된 데에는 원효의 노력이 컸다.

마음이 원인이고 세상은 결과라는 말, 그리고 외부의 결과를 바꾸려면 원인인 마음부터 바꾸어야 한다는 찰스 해넬의 말은 종종심생種種心生 종종법생種種法生이라는 원효스님의 말씀과 맥이 통하는 것 같았다. 그 방송을 듣는 중, 바로 앞

노태우 대통령의 이름을 딴 산봉우리에 그녀의 시선이 옮겨 갔다.

30년 전 관광호텔 건축 시, 그녀를 곤경에 빠트렸던 노태우 전 대통령의 200만 호 주택건설을 상기했다. 노 전 대통령이 200만 호의 주택을 짓는다고 발표했을 때, 불안한 마음을 떠올리지 않았더라도 관광호텔 건설사업이 실패로 끝났을까. 그녀는 매사 긍정적이었고 하는 일마다 자신감이 있었다. 패기가 만만했던 그녀가 어째서 노 전 대통령의 그 말 한마디에 불안한 마음을 내게 되었을까? 결국 그 불안한 마음이 원인이 되어, 승승장구하던 그녀의 사업을 내리막길로 가게 하지 않았던가.

마음은 원인이요, 현실은 결과라는 찰스 해넬의 말을 생각하면 생각할수록, 마음이 원인이요 현실은 결과라는 사실은 만고불변의 법칙처럼 생각되었다. 이 법칙은 성공에도 실패에도 똑같이 적용됨을 실감했다. 측천무후와 한마음이 되어 무섭게 성공한 일, 주택 200만 호 건설에 대한 불안한 마음으로 인해서 심각한 내리막길로 떨어지게 된, 과거의 일들이 주마등처럼 그녀의 뇌리를 스쳐 지나가는 사이에도 장혜운 교수의 강의는 계속되었다.

"뜻을 이루는 방법 중, 불교 신자들이 활용하는 방법이 있습니다. 이 방법은 전 세계적인 방법이라고 하기보다 주로 우리나라 불자들에게 통용되는 방법입니다. 즉 믿는 대로 된다는 가르침입니다. 부처님께서 관세음보살보문품을 설하실 때,

:

'중생들이어 관세음보살을 일심으로 염하라. 관세음보살을 일심으로 염할 때 바닷물도 그대를 삼키지 못할 것이며 큰 불에 들어가도 불은 그대를 태우지 못할 것이니라. 그뿐 아니라 관세음보살을 염하므로 모든 탐진치의 세계에서 벗어나 밝음의 세계, 부처님의 세계로 들어갈 수 있게 되는 것이다.'

이 말씀을 믿고 일심으로 관세음보살을 염하는 사람은 그대로 소원을 이루었습니다."

이 말을 듣는 순간 그녀는 지난 시절 신묘장구대다라니 300만 독과 10년간 한글 법화경 해석본 500회 독경 이후 20년간 셀 수도 없이 관세음보살을 염했던 치열한 수행 생활을 돌아보았다. 그로 인해 각종 재앙이 소멸되면서 소원이 기적적으로 이루어진 사실들이 떠올랐다. 그녀는 믿음대로 된다는 부처님의 말씀이 하나도 헛되지 않았음을 새삼 실감할 수 있었다.

장 교수의 강의는 계속 이어졌다.

"그러나 오늘 제가 가장 강조하고 싶은 것은 부처님께서 가장 밝으실 때 설하신 금강경의 가르침을 통해 뜻을 이루는 방법입니다. 사람들은 인생을 살면서 수많은 난관에 부닥칩니다. 빈곤, 질병, 경천 등, 각종 난관은 항상 우리 주위에 도사리고 있으며, 이들 난관은 우리를 수시로 괴롭히고 있습니다. 대부분의 사람들은 이런 현실과 맞닥뜨릴 때 몹시 힘들어 하며, 피하기 어려운 난제라 체념합니다. 난관이 피하기 어렵다는 생각이 깊으면 깊을수록, 이런 난제는 허상이 아닌, 현실이고 팩트가 됩니다. 팩트라 생각하고 진실이라 이름 지어 이를 믿게 되면, 사람들은 이러한 난제에서 한 치도 벗어날 수 없게 되는 것입니다. 그런데 부처님께서는 인생을 무어라 말씀하시었습니까? 화엄경에서는,

심여공화사(心如工畵師) 능화제세간(能畵諸世間)
오온실종생(五蘊實從生) 무법이부조(無法而不造)

그대 마음은 무엇이든 잘 만들고 잘 그려낸다.
세상의 모든 것 다 그대 마음의 작품이다.
정신적인 것 물질적인 것 모두 다 그대 마음이

만든다. 만들지 못하는 것은 하나도 없다.

라고 하시었습니다. 즉 이 세상의 모든 만물은 다 자신이 창
조하였다 그 말씀입니다. 산하대지山河大地도 자신이 만들고,
길흉화복吉凶禍福도 다 자신이 불러온 것이라는 말씀입니다.
재앙도 자신이 다 불러온 것이고, 축복도 다 자신이 불러왔다
는 것이니, 재앙도 축복도 마음대로 불러올 정도라면 자신은
얼마나 위대한 존재인가를 알 수 있지 않겠습니까?

다시 말해 자신이 곧 창조주요, 전지전능한 위대한 존재라
는 것입니다. 그런데 사람들은 자신이 그런 위대한 존재인 줄
모르고 남에게 영향을 받고, 환경에 좌지우지하는 열등한 존
재로 인식하여 스스로 고통을 불러온다는 것이죠. 부처님 말
씀의 핵심은 곧 우리 자신이 전지전능한 존재라는 사실입니
다.

보통 사람들은 다른 사람들이 자신을 근거 없이 비난하는
말을 들었다면 억울하다고 생각합니다. 이 비난의 원인은 상
대로부터 비롯되었다고 생각하며, 상대의 무례를 탓하고 교
양이 없음을 탓합니다. 그러나 부처님의 가르침을 잘 이해하
는 지혜로운 불자는 상대의 비난을 자신의 전지전능한 마음
즉, 자신의 죄업이 불러왔다고 생각합니다. 상대의 당치않은

비난이 상대의 탓이 아니고, 자신의 죄업이 불러온 것이라면 상대를 원망할 것이 아니라 자신의 죄업을 참회할 것입니다. 참회를 통해야만 고통에서 벗어나 더욱 차원 높은 세계로 들어가게 됩니다.

이때 상대의 비난이 재앙이 아닌 축복으로 변화함을 알게 되는 것입니다. 이렇게 난관을 자신이 만든 것이라 참회하는 자세는, 모두 자신이 전지전능한 조물주라는 깨달음에서 비롯되는 것입니다. 우리는 언제인가부터 자신이 전지전능한 존재임을 망각하고 탐진치에 빙의憑依되고, 고통이 인생의 본질인 줄 잘못 알고, 무지와 무능을 나의 참 성품으로 오인하여 한량없는 고통 속에 살고 있는 것입니다.

부처님께서는 자신의 죄업을 참회하는 아주 현실적이요 효과적인 방법을 제시하시었습니다. 금강경 제5분에 부처님께서는 이렇게 말씀하셨습니다.

범소유상(凡所有相) 개시허망(皆是虛妄)
약견제상(若見諸相) 비상(非相) 즉견여래(則見如來)

여기서 범소유상을 마음 밖의 현실로 해석해서는 안되고, 마음속의 각종 번뇌 망상으로 해석하여야 합니다. 범소유상을 가장 알기 쉽게 해석하면 눈앞의 각종 난제라고 하면 좋을 것입니다.

범소유상 개시허망! 즉 눈앞의 각종 난제는 모두 착각이고 허망하다. 난제가 팩트가 아니고 착각이며 허망하다고 알 때, 꼭 실제처럼 자신을 괴롭히던 각종 난제는 다 사라지고 찬란한 부처님의 세계가 나타난다는 말씀이십니다.

지금부터라도 자신의 고난이요 무지요 무능이라는 생각을, 착각으로 알고 부처님께 바치십시오. 상대가 나를 음해하더라도 상대를 비난하지 마시고, 그 음해는 자신이 불러온 죄업으로 알고 그 억울함을 부처님께 바치십시오. 그러면 억울하다는 그 생각은 소멸하게 되며, 그 생각이 소멸되면 본래의 전지전능한 능력과 지혜가 회복될 수 있는 것입니다.

여러분, 파산이 두렵습니까? 그러하면 파산이라는 생각이 착각인 줄 알고 파산의 두려움을 부처님께 바치시기 바랍니다. 배신이 두렵습니까? 두렵다는 생각이 착각인 줄 알고 그 생각을 부처님께 바치십시오. 남에게 무시당하는 설움이 괴롭습니까? 그러면 남에게 무시당한다는 그 서러움이 실은 착각이요 없는 것으로 알고 그 생각을 부처님께 바치십시오. 파산, 질병, 경천은 모두 자신이 불러온 자화상이요, 나의 아바타이기 때문입니다."

여기서 그녀는 또 한 번 머리를 탕! 하고 얻어맞는 기분이었다. 그녀는 가슴이 뻥 뚫리는 시원함을 맛보면서 오랫동안 황폐해진 자신의 마음에 새로운 소망이 싹트고 삶에 대한 용기가 솟아오름을 느꼈다.

'아, 나도 다시 재기할 수 있다. 나도 부처님처럼 전지전능한 존재가 아닌가. 지금 내가 가진 재산을 다 활용한다면 젊었을 때의 야심 찬 꿈을 지금이라도 못해낼 것이 없다.'

비로소 그녀 특유의 자신만만함, 의욕이 다시 살아나는 듯했다. 지금까지 그녀는 누구에게 의지하지 않고 살아왔고, 혼자 힘으로 무슨 일이든 할 수 있다고 생각해 왔다. 그러나 혼자서 해결하지 못하는 불안한 일들이 종종 발생하면 부처님의 힘을 의지하면서, 부처님의 가피력으로 해결하려 했다.

장 교수가 말하는 불교는, 자신의 힘으로 뜻을 이룩하는 불교도 아니요, 부처님 가피력으로 난제를 해결하는 불교가 아니었다. 자신이 부처님처럼 전지전능한 존재임을 믿고, 내 마음 밖의 그 무엇에 의지하지 말고, 오직 (형상이 없는) 부처님 잘 모시기를 발원하라는 불교였다.

전지전능한 자신이 무엇에 매달릴 이유가 없다. 오직 드리고, 오직 바칠 뿐이라고 했다. 따라서 힘든 일이 생길 때, 부처님의 가피력에 의존하지 말고, 괴로운 일이건 어려운 일이

건 모두 다 자신이 만든 허상임을 알고 즐겁게, 그 생각을 부처님께 드리라는 것이었다.

어렵다는 생각, 안 된다는 생각, 모른다는 생각을 착각으로 알고, 그 생각을 부처님께 바쳐 소멸하기만 하면, 어렵다는 생각이 사라지고 쉽게 일이 풀리게 된다. 안 된다는 생각이 착각인 줄 알고 부처님께 바침으로, 부정적인 생각이 긍정적으로 바뀌게 되는 가르침이었다. 이는 곧 금강경 설법의 위대성, 핵심 요체였다.

극락세계는 부처님이나 관세음보살이 만들어주는 것이 아니라, 자신이 스스로 만든다는 이야기인 것이다.

장 교수의 강의는 그녀로 하여금, 고달픈 타향살이를 하다가 오랜만에 고향에 돌아온 느낌을 가지게 했다. 그녀는 법화경 신해품에 나오는 탕자가 몇십 년 만에 집에 돌아와 자신이 탕자가 아니요, 부유한 아버지의 재산을 상속받는 장자임을 알았을 때, 느끼는 심정이 이럴 것이라는 생각도 했다.

여러분들 내 말 들소 이 사람은 내 아들로
나를 떠나 멀리 가서 오십 년을 지내더니
우연히 찾아와서 이십 년이 다 되었소
옛날에 고향에서 이 아들을 잃고 나서
싸다니며 찾느라고 여기까지 온 것이요
이제는 나의 소유 집이거나 하인이나

모두 다 물려주어 마음대로 쓰게 하리

고향 집! 얼마나 오랜만인가. 그녀는 신해품의 집 떠난 탕자처럼 고달픈 삶을 살다가 고향에 돌아온 것 같았다. 윤명자 사장, 그녀의 입가에 모처럼 밝은 미소가 피어올랐다. 장 교수의 강의는 계속되었다.

"범소유상 개시허망 약견제상비상 즉견여래—금강경 사구게의 말씀을 실천한 저의 사례를 말씀드리겠습니다.

군대를 제대하고 사회생활을 막 시작할 무렵 저는 사회에 진출하지 않고 밝은 스승을 따라 금강경 공부를 했습니다. 이때 가장 큰 문제는 저의 제대를 손꼽아 기다리던 어머니의 반대였습니다. 제대한 후 취직을 해서 어려운 집안 살림을 돌보아야 할 장남이 집안을 돌보지 않고 수도하려고 집을 떠난다면 어떤 부모도 싫어할 것입니다.

특히 저 하나만을 믿고 살아온 어머니의 심경은 이루 말할 수 없이 괴로웠을 것입니다. 그런데 막상 출가하여 공부를 하다 보니, 어머니 생각이 많이 떠오르는 것이었습니다. 어머니는 약 1개월에 한 번씩 출가해서 수도하는 나를 찾아오셨습니다. 찾아올 때마다 언제까지 여기서 있을 것이냐? 언제 집에 돌아오냐? 물으면서 만족한 대답을 듣지 못하면 곧 인상이 찌푸려지십니다. 그 괴로워하는 모습이 생각날 때 저도 견디기 어려웠습니다. 수도란 무엇인가? 부모은중경에 부처님께서는 부모에게 효도하는 공덕은 부처님께 불공佛供하는 공덕에 못지않다고 하셨는데 어째서 우리 스승님은 어머니에 대한 애정을 해탈하라고 말씀하시는가. 어머니와 맺은 숙세의 업보 즉, 어머니에 대한 그리움이나 사랑은 자신의 무한한 지혜를 가로막는 크나큰 장애물이니 집을 완전히 떠나 금강경 가르침을 따르라는 말씀이었습니다.

그런데 저로서는 범소유상 개시허망이라는 금강경 가르침 즉, 어머니에 대한 그리움이나 사랑이 착각인 줄 알고 그 그리움을 부처님께 바치라고 말씀하시는 것을 쉽게 받아들일 수 없었습니다. 부모를 공경하는 것은 당연한 인간의 기본윤리이므로, 업보 해탈도 중요하지만 이 기본도리를 무시한 업보 해탈은 제가 아는 도덕과 상식으로는 이해하기 어렵다고 생각한 것입니다. 그러나 거의 한 번도 스승님의 말씀이 헛된 적이 없던 경험을 되살리면서 금강경 가르침 그대로 어머니에 대해 그리움과 사랑의 마음이 올라올 때마다 '어머니가 불쌍하다는 제 생각을 부처님께 바칩니다'를 수도 없이 반복했습니다. 스승님은 가끔 저에게 눌으셨습니다.

'어머니가 불쌍한 것은 사실이냐 아니냐?'

'저는 어머니가 불쌍한 것이 사실로 생각됩니다만 스승님께서 '네 불쌍하다는 생각이 다 잘못되었다' 몇 번이고 강조하시기에 억지로라도 그 말씀을 믿고 실천하려고 합니다.'

'지금은 네 어머니가 불쌍하다는 사실이 진실인 것 같이 여겨질 것이고, 불쌍하다는 사실이 착각이라는 사실이 전혀 실감이 나지 않을 것이다. 그것은 아직 너와 네 어머니가 맺은 업보가 덜 해결되었다는 뜻이다. 내 말을 믿고 꾸준히 어머니가 불쌍하다는 그 생각을 부처님께 바쳐 보아라. 꾸준히 바치다 보면 점차 바치는 일이 쉬워질 것이고 드디어는 네 어머니에 대한 그리움이 정말 착각임을 알게 될 때가 올 것이다.'

'물론 어머니에 대한 그리움과 사랑의 마음이 착각인 줄 알고 꾸준히 부처님께 바친다면 어머니에 대한 사랑과 그리움은 사라질 것이 분명합니다. 그러나 어머니에 대한 그리움과 사랑이 제 마음속에서 없어지면 제 마음은 편해질지 모르지만 어머니가 불쌍하다는 사실은 변하지 않는 것 아니겠습니까? 그래서 저는 어머니의 불쌍함은 너무나 엄연한 현실이요 팩트라 말씀드리는 것입니다.'

'그렇지 아니하다. 너는 너의 어머니가 불쌍하게 된 원인이 아버지의 무능 때문이요, 가진 재산이 없는 것 때문이라고 생각한다. 그러나 너의 어머니가 불쌍한 것은 네 아버지의 무능함 때문도 아니요, 가진 재산이 적기 때문도 아니다. 네 어머니가 불쌍한 원인은 바로 네가 어머니를 불쌍하다고 보는 데 있는 것이다. 즉 네 생각이 네 어머니를 불쌍하게 만드는 것이다.'

'그렇다면 정말 제 마음속에서 어머니에 대해 불쌍한 생각이 사라질 때, 어머니 역시 현실의 어려움에서 벗어날 수 있다는 말씀입니까?'

'그렇다. 네 마음속에서 어머니가 불쌍하다는 그 생각을 부처님께 바쳐 완전히 사라지게 한다면 네 어머니도 당면한 어려움에서 벗어나게 될 것이다. 부처님께서 범소유상凡所有相 개시허망皆是虛妄이라 하신 것은 불쌍하다는 생각이 착각이라는 말씀이고, 약견제상若見諸相 비상非相은 그 불쌍하다는 생각이 착각인 줄 알고 부처님께 바쳐 소멸한다면 이라는 뜻이다. 즉견여래則見如來는 불쌍하다는 생각을 착각으로 알고 부처님께 바쳐 소멸하면 너와 어머니가 맺은 모든 업보가 해탈되어 너도 어머니도 편안해진다는 말씀이다.'

저는 스승님의 말씀대로 어머니에 대한 불쌍하다는 그 생각을 부지런히 부처님께 바쳤습니다. 그랬더니 어머니에 대한 불쌍한 생각이 사라지면서 마음이 편안해지자, 동시에 어머니의 마음도 편안해지면서, 서를 찾아오는 빈도수가 현저히 줄어들었습니다. 그뿐 아니라 어머니를 경제적으로 돕는 사람까지 나타나게 되어, 이때 비로소 '범소유상 개시허망 악견제상비상 즉견여래'의 말씀을 실감할 수 있었습니다. 이와 같이 금강경 사구게는 모든 난제에 다 적용할 수 있어 재앙을 소멸하고 소원을 이룩하는 귀중한 말씀임을 실감했습니다. 이것이 금강경을 통한 새로운 소원성취법이라 하는 것입니다."

   장 교수가 머문다는 경기도 고양시. 상락아정연구소는 주위의 인가에서 100여 미터 정도 떨어진, 소나무 숲이 우거진 산기슭에 위치했다. 연구소는 사찰같이 보이지는 않았다. 처음 찾아가는 그녀에게 그곳은 어느 깊은 산중의 절과 같이 매우 한적한 느낌을 주었다.

   장 교수는 방송에서는 목소리에 힘이 넘치고, 카리스마가 있게 보였는데, 막상 마주 대하고 보니 방송에서 보기보다 훨씬 나이가 들어 더욱 부드럽게 보였다.

   장 교수가 거주하는 방은 연구소 건물 3층 옥상에 판넬로 조립하여 만든 허름한 방이었다. 자신이 서울에서 몇십 년 살던 집은 회원들의 공부 장소로 양보하고, 고양시에 위치한 3층 집에 임시 거주처를 만들었다는 것이었다.

   방은 초라하기 그지없었다. 방 한구석에 그가 교수 생활할 때 사용하던 책이며 옷가지들이 무질서하게 널려 있었다. 명강의로 소문난 유명한 교수 거주지라고는 도저히 상상할 수 없었다. 그녀는 장 교수의 방을 보고 눈물이 쏟아짐을 막을 수 없었다.

그녀는 대한민국에서 최고로 좋은 황토 주택에 사는데 선생님께서는 자신의 집을 다 내어 주고, 이런 곳에서 사시며 오직 스승의 뜻을 받들어 후학을 양성하고자 하신 것이다. 본인의 일에는 아무런 관심이 없으신 모습에 새삼 존경의 마음을 금할 수 없었다. 순간, 그녀는 이분을 위해 아주 멋진 황토집을 지어드리는 것이 어떨까 하는 생각이 들었다.

대화를 나누기 전 장 교수는 연구소 옆 공터 스승의 동상이 있다는 공경원으로 그녀를 안내했다. 장 교수는 대학에서 자연과학을 전공한 이공계 교수였다. 젊을 때부터 불교에 심취하게 되면서 밝은 스승을 만나 4년간 출가하여 금강경 공부를 했다고 한다. 연구소 주변에 스승의 동상을 건립할 정도로 스승에 대한 공경심이 대단했다.

"우리 스승님은 보통 분이 아니십니다. 세상의 이치를 훤히 다 아시는 분이십니다. 그분은 한국인 최초로 독일에서 철학 박사를 받으신 분이시죠. 귀국 후에는 금강산에서 10년간 입산수노 하시며 부처님의 진리를 크게 깨치신 대 도인이시기도 합니다. 말하자면 동양철학과 서양철학을 모두 다 통달하신 대 석학이라고도 해도 좋겠지요.

그분은 금강산에서 처음에는 대방광불화엄경의 가르침으로 수행하면서 자신의 전생은 물론 타인의 전생을 수백, 수천 생까지 훤히 꿰뚫어 보시는 능력을 터득하셨습니다. 그런 자신의 수행을 바탕으로, 스승께서는 사람의 마음에는 부처님과 같이 모든 것을 다 보고 다 아는 전지전능한 능력이 있다는 것을 확신한다고 하셨습니다. 누구든지 수도하면 모를 일도 다 알게 된다. 보통 사람도 부처님처럼 다 알 수 있게 되는 것이다, 라고 하시며 다음과 같이 수도의 체험 이야기를 해주셨습니다.

'나는 본래 독립운동꾼이었다. 우리나라가 언제 해방이 되나 하는 것이 늘 궁금하였다. 금강산에 출가한 것은 바로 언제 독립이 되고 해방이 되나 하는 것을 알기 위함이었다. 부처님께서는 일체중생(一切衆生) 실유불성(悉有佛性)이라 말씀하셨다. 마음속에 미망(迷妄)을 제거하기만 하면 곧 부처님께서 모든 것을 다 아시듯, 우리도 모든 것을 다 알 수 있다, 라는 말씀을 믿고 열심히 수도하였다. 수도를 통하여 마음속의 번뇌 망상이 차츰 사라지면서 아는 능력이 드러나기 시작하였는데, 언제 해방이 되는가는 도저히 알 재주가 없었다. 그래도 일심으로 수도하면 언제인가 알게 될 때가 오겠지, 하며 일심으로 대방광불화엄경을 염송하였다.

어느 날 확! 깨달음이 왔다. 해방이다! 해방이다! 해방이 되었다는 것이다. 그런데 잘 살펴보니 서울은 동경에 매여있고, 평양은 저 북쪽 어디에 매여있는 것이 아닌가. 해방은 되었다는데 서울과 평양이 각각 다른 쪽에 매여있다니 이것은 무슨 까닭인가? 이렇게 불완전한 앎은 아주 모르는 것과 똑같지 아니한가. 그때 〈서울과 평양이 다른 곳으로부터 지시를 받는 이유가 무엇인가〉를 화두로 삼아, 다시 공부에 전념했다. 해방되기 10년 전, 그 뜻을 분명히 알게 되었고, 해방이 되었지만 남과 북이 분단된다는 사실을 알게 된 것이다. 해방이 되었으므로 나는 더 이상 독립운동을 할 필요가 없어졌다.'

스승님께서는 이처럼 세상의 모든 이치를 다 아시게 되면서, 사람들의 속마음을 꿰뚫어 그들의 근기와 취향에 따라 다양하게 설법하시는 수기설법隨機說法을 하실 수 있었다고 하십니다. 예전 사람들은 이런 분들을 이인異人이라 하였고, 도인이라고도 하였고, 불가佛家에서는 선지식이라고도 하였지요. 나는 스승님을 만나기 전에도 독실한 불교 신자라고 자부했어요. 그런데 스승님을 만나고 나서 불교가 무엇인지 더 확실히 알게 되었어요. 말하자면 달마대사의 말씀처럼 선지식을 만나기 전의 불교는 모두 다 헛것이라는 말씀에 실감한 것입니다."

고려 말에 백운 스님이 지은 직지直旨라는 책이 있습니다.

백운 스님 입적 후 제자들이 금속활자로 찍어 스님들의 공부 교재로 사용했습니다. 그 책에 보면 '깨달음에는 선지식이 필요하다'는 백운수단 화상의 말씀이 있습니다.

'깨달음에는 모름지기 사람을 만나야 된다. 만약 사람을 만나지 못하면 다만 일개 꼬리 없는 원숭이와 같아서, 재주를 보이려고 나서면, 사람들이 곧 비웃는다. 이 도리를 깊이 믿는 사람은 만 명 가운데 한 사람도 없다. 진실로 불쌍하고 불쌍하도다.'

예문에서 '사람'은 곧 선지식을 가리키는 말로, 백운수단 화상은 본래 뛰어난 기품을 지닌 분이지만, 젊은 시절 그는 선지식을 만나지 못한 채 상중湘中 지방을 돌아다니며 제멋대로 잘난 체하였다. 그런 그가 운개산雲蓋山에서 방회方會 스님을 만나 비로소 바른 눈을 뜨게 되었고, 과거에 자신이 잘난 체한 것을 심히 부끄러워했다는 일화가 전한다.

장 교수는 백운수단 화상의 예를 들어 선지식을 알기 쉽게 설명했다. 총명한 그녀는 불법을 공부하고 수행하는 과정에서 반드시 선지식을 만나야만 한다는 말씀으로 들었다. 그렇다면 장 교수는 그녀의 선지식인가. 그녀가 잠시 생각에 잠기는 사이 장 교수는 다시 스승님의 이야기로 돌아갔다.

"스승님 법문의 특징은 우리를 부처님과 똑같은 위대한 존재로 여기고 출발한다는 것입니다. 이것은 다른 불교와 차별되는 점입니다. 좋은 것을 얻는데 많은 노력이 필요하지 않다는 것 또한 특징이며, 이것은 마음 밖이 아닌 자신의 마음 속에서 발견할 수 있다는 점이 특징이기도 하지요. 스승님의 가르침으로 못난 내가 이 정도라도 되었다고 봅니다. 스승님의 가르침을 받고 나서, 모자라는 사람을 훌륭한 인재로 변화시킬 수 있다는 확고한 신념을 갖게 되었습니다. 앞으로의 내 꿈은 스승님의 뜻을 잘 받들어 지혜로운 사람을 키워내는 세계적 인재양성소를 만드는 것입니다."

긴 시간 동안 장 교수의 설명을 듣는 가운데, 그녀는 자신감으로 충만한 그의 모습에서 큰 감동을 받았다. 그때부터 그녀는 매주 토요일을 기다리게 되었다. 그녀는 장 교수의 금강경 강의를 좀 더 잘 듣기 위해 경상도에서 경기도까지 수백 리 길을 달려 상락아정연구소로 갔다.

연구실에서 금강경을 독송하고, 그 밤을 객실에서 쉰 뒤, 일요일 오전은 연구소 강당에서 열리는 강연회에 참석했다. 100여 명의 대중들과 함께 강의를 들을 때도 있었고, 때로는 단독으로 장 교수와 한 시간 이상 대화를 나눌 때도 있었다.

불법에 대한 깊은 사랑을 품은, 불법을 통달한 선지식과의 만남은 그녀에게 인생의 일대 전기가 찾아온 것처럼 신기했다.

"선묘화 보살님, 보살님께서는 '인생이란 노력해야 반드시 그 결실을 기대할 수 있고 근면하고 성실해야 성공하는 것이다'라는 철학을 가지신 분이시죠. 보살님의 롤모델 측천무후처럼 옳다 하는 일은 불도저 같이 밀어붙이는 그 열정 때문에 오늘의 영광을 누리시고 계십니다.

불꽃 같은 열정으로 사업에서 큰 성공도 이룩하셨으나, 몸과 마음은 몹시 지쳐 있습니다. 앞으로는 열정의 삶 대신에 무슨 생각이던지 부처님께 먼저 바치는 새로운 삶의 철학을 가지고 여생을 살아 보시지요. 궁금한 일 어려운 일이 있을 때는, 보통 사람들이 하듯, 자신의 경험이나 철학을 바탕으로 하여 일을 추진하시지 말고, 모든 난제를 부처님께 바치므로, 거기서 해답을 얻고 그 해답에 따라 자연스럽게 일을 처리하는 방법을 몸에 익히십시오. 그러면 세상 살기가 편해지실 것입니다."

선묘화는 부인사 주지 스님께서 지어주신 그녀의 법명이

었다. 장 교수는 선묘화 그녀에게 시시각각으로 일어나는 인생에 대한 모든 생각, 문제를 부처님께 바치므로 영혼육이 다 함께 편안해지는 새로운 삶을 살 것을 조심스럽게, 듣기에 따라서는 강력하게 권유했다. 새로운 삶, 편안한 삶? 슬기로운 그녀는 그 순간 새로운 삶의 방식을 체득하게 되었다.

아름다운 만남

그녀는 주말이면 장 교수를 찾아 먼 길을 나섰다. 고양시 외곽에 위치한 그의 연구소를 방문했다. 부지런히 장 교수를 찾은 것은 부처님 가르침에 대한 이야기보다는 그분 개인의 이야기, 궁금한 사항에 대해서 듣고 싶었기 때문이다.

"선생님! 자녀가 몇이신가요?"

그분의 가정 사정에 대해 질문을 했다. 자녀라는 이야기를 들을 때, 장 교수는 대답하기 싫은 듯, 당혹스런 표정을 짓고 침묵했다. 침묵은 오래가지 않았다.

"내가 여기 머문 지 근 20년이 되었지만 누구 한 사람 내

가족에 대해 질문을 하신 분은 없었습니다. 그런데 물어보는 사람이 없는 게 참 다행이었습니다. 왜냐하면 나에게는 세속적으로 자랑할 만한 가족이 하나도 없고, 불편한 가족만 있기 때문입니다. 아버지는 30여 년 전에 세상을 떠나셨고, 어머니는 세상을 떠난 지 25여 년이 되었습니다. 저는 40이 넘어 결혼을 하여 딸이 하나 있습니다만, 부끄럽게도 이혼하고 혼자 산지가 근 20년이 되었지요.

　생전에 아버님께서는 저를 몹시 괴롭히셨고, 어머니 역시 힘들게 하셨습니다. 결혼하면 낙이 있을 줄 알고 40이 넘어 늦게 한 결혼 또한, 힘들었습니다. 결혼은 행복이 아닌 지옥이었지요. 처음에 저는 저를 괴롭게 하는 아버지나 어머니 그리고 제 처를 원망하였습니다. 이들을 원망하는 제 마음 역시 지옥이었습니다. 사는 것이 말할 수 없이 고통스러웠습니다.

　지금 생각해 보면 이런 어려운 환경에 견딜 수 있는 힘을 주시고자 스승님께서는 저를 4년 이상이나 수도장修道場에 붙들어 두신 것 같습니다. 스승을 만나 가르침을 받고 이룩한 금강경 공부 중 가장 큰 보람이라면, 이런 역경들을 축복으로 바꿀 수 있다는 점입니다. 역경이 곧 축복이라는 금강경 공부는 참 위대한 것이고 이런 가르침을 주신 저의 스승님은 매우 희유하신 분으로 존경하게 되었습니다.”

　그녀는 장 교수의 이야기를 묵묵히 듣고 있었다. 마음속으로 이분의 팔자가 어쩌면 내 팔자와 똑같을까, 라는 생각이 들자 그녀는 버릇없이 장 교수의 말을 중단시켰다. 말하지 않고서는 그 순간을 못 견딜 것만 같았다. 그녀는 장 교수에게 이제까지 지나온 그녀의 파란만장波瀾萬丈한 인생을 털어놓기 시작했다.

"선생님! 제 이야기도 한번 들어보시겠습니까?"

그렇게 운을 뗀 그녀는, 살아오면서 겪은 고난과 설움을 장 교수에게 모두 털어놓았다. 부모 복이 없는 것, 남편과 일찍이 이혼한 것, 그녀의 지난 인생에서 수많은 배신자들을 만난 것 등등이었다. 어떻게 보면 그녀 팔자는 장 교수의 팔자와 유사한 듯 여겨졌다.

이야기 도중에 그녀는 몇 번이나 울먹울먹하다가 나중에는 마음이 격하여 부끄러움도 없이 크게 흐느껴 울기도 했다. 눈물이 비 오듯 흘러내렸다. 흐느낌은 이내 통곡으로 변했다. 장 교수는 통곡하는 그녀를 아무 표정 없이 묵묵히 바라보았다.

"보살님, 실컷 우십시오, 실컷 울고, 계속 눈물을 흘리다 보면 자신이 어디서 왔는지 그 소종래所從來를 알게 된다는 불가의 옛말이 있답니다."

그녀는 자신의 정체가 무엇인가? 정말 궁금했다. 실컷 울고 나니 마음이 평온했다. 그 후 그녀는 장 교수에게 더욱 인간적으로 친밀감을 느끼게 되었다.

이런 일이 있고부터 그녀는 당분간 장 교수에게 향하는 발걸음을 멈추었다. 그녀는 이제부터 장 교수란 어떤 인물인가를 아는, 그런 공부를 하겠다고 마음먹었다. 일종의 인물 탐구였다. 혼자서 대구 황토 주택에 머물면서 한가한 시간에 장 교수의 유튜브를 검색했다. 그가 하는 모든 강의를 들어보기로 결심했다. 백 개도 넘는 장 교수의 유튜브는 그의 철학과 수행 이야기가 주主였다. 상당 부분은 가정 이야기, 그리고 금강경 공부를 통하여 고난이 축복으로 바뀐다는 수행 체험도 많이 포함되어 있었다.

관심 있는 사람의 유튜브여서 그런지 듣고 또 들어도 조금도 싫증이 나지 않았다. 한번 듣게 되자 마치 어린아이가 게임 중독에 빠지듯, 시간이 가는 줄 모르고 듣는 즐거움에 빠지게 되었다. 그녀 나이 곧 70이고, 산전수전 다 겪어 웬만한 일에는 쉽게 빠지지 않았다. 그런 그녀가 어떤 연유로 방송에서 단 한 번 본 사람에게 이처럼 빠져드는가? 유튜브를 들으면서도 수시로 벌여놓은 사업에 대해 불안한 생각이 떠오를 때면, 부드럽고 온화한 장 교수의 얼굴이 떠오르곤 했다.

"아무 걱정하지 마십시오. 왜냐하면 근심 걱정이란 착각이고 본래 없는 것이기 때문입니다."

그녀의 귀에 장 교수의 확신에 찬 소리가 들리는 듯했다. 그럴 때에는, 그녀 마음속의 모든 근심 걱정이 사라지곤 했다. 그녀가 오래전 부인사 성타스님으로부터 불교를 배울 때, 이 몸 받기 전의 삶 즉, 전생이 분명히 있으며, 모든 길흉사는 모두 다 전생의 원인 때문에 전개되는 것이라는 말을 귀에 젖도록 들었다.

전생의 인연이라는 실감은 단 한 번도 체험하지 못했는데 장 교수와의 인연은 아무래도 전생의 인연인 듯 여겨졌다. 한 번 강의 들은 것만으로도 머리를 탕! 하고 얻어맞은 듯한 느낌, 장 교수의 유튜브를 듣고 또 들으면서 심취하는 것, 수백 리 길을 달려 고양시의 장 교수 상락아정연구소를 매주 찾아가는 것 등. 아무리 곰곰 생각해봐도 이런 일은 우연이 아니고 전생에 깊은 인연이 있음이 분명한 것 같았다.

얼마 후부터 그녀는 몇십 년 해온 법화경 공부를 중단하게 된다. 그 대신 장 교수의 말씀대로 금강경을 아침저녁으로 읽었다. 그녀는 바야흐로 새로운 인생의 스승님, 장 교수라는 선지식을 만나 무슨 생각이던지 부처님께 바치는 수행의 삶으로 진입한 것이었다.

"아침저녁으로 금강경을 읽으십시오. 아침에 읽는 금강경은 하루의 재앙을 소멸하는 효과를 나타내며, 저녁의 금강경 독송은 저녁부터 다음 날 아침까지의 재앙을 소멸하는 것이랍니다."

그녀는 전에도 금강경을 좀 읽었고, 장 교수로부터 금강경 강의를 새로 들었기에 금강경 독송이 매우 재미있으리라고 생각했다. 하지만 그런 생각은 그녀의 기대와는 반대였다. 금강경을 읽는데 첫째는 시간이 상당히 걸렸다. 바쁜 일과에 틈내기가 어려웠고, 수많은 잡념들이 독송을 방해했다.

지글지글 쉬지 않고 끓어오르는 잡념 때문에, 금강경 한번 독송하는 데에 오랜 시간이 걸렸다. 이처럼 며칠을 잡념 속에서 금강경을 읽은 뒤에야 비로소 경의 말씀이 조금씩 다가오기 시작했다.

이번에는 과거의 기억들이 하나하나 선명히게 떠오르며, 금강경 독송을 또다시 방해했다. 좋은 일은 별로 떠오르지 않았다. 대부분 나쁜 일, 상처받은 일이 뚜렷하게, 아주 정확하게 떠오르는 것이었다.

십여 년 전, 5년에 걸친 긴 재판에 휘말려 스트레스를 받을 때, 그것이 결국 흑색종 암이라는 희귀한 병으로 이어지자 그녀는 이제 마지막이라는 생각이 들었다. 그녀는 당시 유언장을 써 놓기도 했다. 또한 20년 전 임대 아파트 건설사업 때, 수백 명의 입주자들을 모아놓고 비장한 연설을 해서 난관을 극복했던 일, 레스토랑을 경영할 때, 남자 종업원들을 호령하면서 엎드려뻗쳐 자세로 빠따를 치던 일, 강도들에게 테러를 당했던 일 등이 어제 일처럼 확연하게 떠올랐다.

어렸을 때 첫사랑 이동연에게 배신당한 일, 가고 싶은 학교는 안 보내고 일만 시킨 사나운 계모 같은 친모, 어느 추운 겨울날 10리 먼 곳까지 어머니 심부름으로 참기름을 사 오다가 얼음판에 미끄러진 일, 기름을 쏟자 어머니에게 매 맞을 것이 두려워 할머니 집으로 도망갔는데, 할머니가 부드러운 목소리로 위로해주시던 일.

"명자야, 이 불쌍한 것아. 걱정 마라. 내가 엄마에게 잘 말해주마."

할머니가 그녀에게 찬밥을 비벼주시던 따스한 기억도 떠올랐다. 할머니의 따스함이 생각날 때, 그녀는 경을 읽다 말고 펑펑 눈물을 쏟았다. 당시에는 두렵고, 분하고, 우울했지만 또 한편으로는 당당했던 것 같았다. 경을 읽는 동안에 떠오르는 사건들은 점점 남의 일처럼 덤덤하면서 아무 감정이 실리지 않는 것이 특이했다.

금강경이 잘 읽어지던 어느 날은 개, 소, 돼지, 말이나 뱀 등의 동물들 형상이 보였다. 때로는 이들 동물이 죽어 시체가 된 꿈도 여러 차례 꾸었다. 이런 동물의 꿈을 꾸고서는 마음이 무척 가볍고 상쾌했다. 이상스럽게도 무척 즐거운 마음이 들기도 했다.

그녀는 생각했다. 어떻게 이런 신선하고 즐거운 감정을 체험할 수 있게 된 것일까?

늘 바쁘게 설치면서 살던 그녀에게 이렇게 한유하고 상큼한 기분이 들 때가 별로 없었다. 금강경 행자行者로 변하면서, 그녀의 불안하던 마음은 날로 평온해졌다. 남성처럼 거친 기질은 여성다운 부드러움으로 순화되고 있었다.

이즈음에 이르러 그녀는 잠깐, 자신의 인생을 정리해보았다. 어렸을 때는 극심한 가난과 천대에 대한 저항의 역사였다. 성장해서는 새로운 것, 강한 것에 대한 끊임없는 도전의 역사였고, 화려한 전성기에는 그녀를 떠받드는 사람도 주변에 몇몇 존재했다. 어려움에 처했을 때, 그녀에게 용기를 심어주고 물심양면으로 도와주는 고마운 분들도 적지 않았다. 그런 와중에도 항상 박복한 사람들이 그녀 주위를 맴돌았고, 배신자들이 설쳤다. 진실로 믿고 속마음을 터놓을 수 있던 사람은 별로 없었다. 이제까지 지나온 그녀의 삶 전체를 통틀어볼 때, 험한 삶의 과정에서, 그녀가 장 교수를 만난 것은 진실로 아름다운 만남, 지금까지 만난 누구보다도 믿을 수 있는 사람이라고 결론 내릴 수 있었다. 그녀는 장 교수로부터

"자신의 마음속에 걱정, 의심, 배신의 분별심을 부처님께 바쳐 소멸하였을 때, 나는 내 마음속에 영원히 변하지 않는 존재를 발견할 수 있었습니다."

라는 말을 들었기 때문이었다. 그런 말을 할 수 있는 사람이라면 그 마음속에는 영원함이 있다는 증거라고 믿었다. 그녀는 문득 만해스님의 「사랑하는 까닭」이라는 시가 떠올랐다. 그녀의 소녀 시절, 영원한 사랑을 꿈꾸며 때때로 외웠던 시였다.

내가 당신을 사랑하는 것은
까닭이 없는 것이 아닙니다.
다른 사람들은

나의 홍안만을 사랑하지마는

당신은 나의 백발도

사랑하는 까닭입니다.

내가 당신을 그리워하는 것은

까닭이 없는 것이 아닙니다.

다른 사람들은

나의 미소만을 사랑하지만

당신은 나의 눈물도 사랑하는 까닭입니다.

내가 당신을 그리워하는 것은

까닭이 없는 것이 아닙니다.

다른 사람들은

나의 건강만을 사랑하지만은

당신은 나의 죽음도 사랑하는 까닭입니다.

그녀는 생각했다. 홍안이 아닌 백발도 사랑하는 사람이라면, 그의 마음속에는 홍안이나 백발이라는 분별심이 사라진 사람일 것이었다. 이런 마음은 둘이 아닌 마음, 즉 불이不二의 마음을 연습한 수도자가 아니면 될 수 없는, 차원 높은 수도의 마음 그 자체일 것이다.

그녀는 그런 사람은 틀림없이 장 교수일 것이라는 믿음을 가지게 되었다. 장 교수는 그녀의 백발도, 그녀의 눈물도, 심지어는 그녀의 죽음마저도 사랑할 수 있는 자비로운 분이 아닐까 생각했다. 그녀가 금강경을 매개로 장 교수를 만난 것은 이전의 그 어떤 만남에 비교할 수 없이, 아름다운 만남이라는 생각이 굳어갔다. 공교롭게도 바로 그날 밤, 꿈에 장 교수가 웃는 모습으로 나타났다. 처음으로 꿈에서 본 장 교수의 모습은 어느 때보다 다정하고 신뢰감이 느껴졌다.

'몹시 외롭고 힘드신 삶을 사셨지요? 무어 궁금한 것 없으시오? 궁금한 것이 있으면 얼마든지 물으시오.'

꿈속의 장 교수는 특유의 인자한 미소로 그녀에게 다가왔고, 나직한 음성으로 그녀를 격려했다.

사랑의 결실

장 교수는 그녀의 금강경 공부 이야기를 잘 새겨듣고 노트에 메모했다. 그런 다음 자신의 의견을 차근차근 이야기했다.

"선묘화 보살님, 그동안 공부 참 잘하셨습니다. 스승님 말씀으로는, 근심 걱정, 각종 생각들이 올라올 때, 그 생각을 눌러 참거나 그 생각을 지니고 있지 말고 부처님께 바치라고 말씀하셨어요. 생각을 가지면 병이 되고, 생각을 눌러 참으면 결국 폭발하게 된다는 것입니다.

올라오는 생각이 착각임을 알고 그 생각을 부처님께 바칠 때 그 생각이 사라진다는 것이며, 잘 바치면 그 생각의 뿌리까지도 드러나게 된다는 것입니다. 중요한 것은 생각의 뿌리도 잘 바치면 그 뿌리까지 다 소멸된다는 것이지요. 뿌리까지 부처님께 바칠 때 금강경의 말씀 즉 이일체제상離一切諸相 즉 명제불卽名諸佛, 결국 모든 번뇌 망상이 사라지고 본래 부처님의 모습이 드러나게 된다는 것입니다.

보살님께서 금강경을 독송할 때, 수없이 올라오는 수많은 사념들은 예전 언제인가 억지로 눌러 참았던 사념들이 대부분일 것입니다. 그 사념이 떠오르는 것은 잘된 일입니다. 떠오르는 그것이 꿈이든 현실이든, 선명히 느껴지는 것 자체가 해탈이기 때문입니다.

고인古人은 선명하게 보이는 것을 일종의 깨달음이라 하였고, 이런 현상을 각지즉실覺之卽失, '깨달아 안(知) 즉 없어지는 것'이라고 말씀하였습니다. 생각들이 떠오르지 않고 눌러 참는 형태로 지속되었다면 이 생각들은 언젠가는 심각한 재앙의 형태로 나타났을 것입니다. 그런데, 저의 스승께서는 금강경 공부하는 덕분에 억지로 눌러 참았던 생각이 떠오르게 되는 것이며, 떠오르는 것만 하여도 많이 해탈된 하나의 증거라 말씀하셨습니다.

그래서 저는 보살님께서 모범적으로 공부를 잘하셨다고 말씀드리는 것입니다. 그러니 경을 읽으실 때 올라오는 가지가지의 생각들은 나쁜 것이다, 공부가 잘되지 않은 증거다, 하며 이름 지어 실망하시지 말고, 과거에 묵혀 두었던 번뇌 망상이 빠져나가는 것으로 알고 기뻐하시기 바랍니다.

꿈에 돼지의 꿈을 꾸고 복권을 사면 당첨된다는 이야기가 있습니다. 이런 이야기는 헛소문만은 아닌 것입니다. 개는 남을 꾸짖는 마음, 말은 남을 억누르는 마음입니다. 돼지는 탐심을 의미합니다. 뱀은 탐심과 진심이 치열한 마음입니다. 이들이 꿈에 보이는 것만 하여도 그 마음의 부분적 해탈을 의미하므로 개 말 돼지 뱀 등이 꿈에 보인다는 것은 남을 꾸짖는 마음, 남을 억누르는 마음이 해탈되어 이에 관련된 재앙이 소멸된다는 뜻입니다.

보살님! 금강경 공부로 많은 업장이 소멸되셨고, 업장이 소멸된 그 자리에 부처님 광명이 스며들 것입니다. 그러나 공부를 좀 더 효과적으로 하시려면, 경을 읽는 것만으로 부족하고, 몸으로 부처님께 복을 짓는 연습을 병행하시는 것도 좋을 것입니다."

몸으로 부처님께 복을 짓는 연습? 그녀는 잠시 어리둥절했다. 그것은 곧 베풂, 무주상보시를 가르치는 말씀 같았다. 장 교수의 보시에 대한 말씀은 그녀에게 타당한 말씀이었다. 그녀는 누구보다도 다라니를 많이 외웠다. 또 경을 오랫동안 수지독송하고 절을 많이 하는 수행을 했다. 그런데 보시는 비교적 소홀했다고 볼 수 있었다. 장 교수의 복 짓는 연습에 대한 말을 듣자, 법당을 위해, 상락아정연구소를 위해 물질적으로 해야 할 것이 무엇인가를 연구하게 되었다.

그다음 주부터 장 교수가 상주하는 고양시의 연구소 법당에 올 때마다 그녀는 빈손으로 오지 않았다. 보시할 공양물, 경우에 따라서는 약간의 성금을 준비하기도 했다. 이렇게 몇 달 연구소 법당을 오고 가면서 그녀의 마음은 가볍고 푸근했다. 그날도 장 교수는 평소처럼 대중들을 모아놓고 금강경 강의를 하고 있었다.

"우리나라 불자들은 자신이 잘되기를 바라고, 가족이 잘되기를 바라는 마음으로 불교를 신행합니다. 이러한 사고방식은 불자들로 하여금, 자신은 누구의 아버지라 생각하게 하고 그렇게 믿게 되며, 누구의 어머니라 생각하게 되고 그렇게 믿게 합니다. 또 누구의 남편, 누구의 아내라고 생각하고 그렇게 믿게 합니다.

그런데 아주 드물게 자신이나 가족이 잘되기보다는 부처님 시봉侍奉을 우선으로 하는 불자가 있습니다. 그런 불자라면 그는 아마도 누구의 어머니 또는 아버지, 또 누구의 자식이 아니라 부처님 시봉하는 사람이라 생각할 것입니다. 스스로 나는 누구의 아버지도 누구의 자식도 아닌 부처님 시봉하는 사람이다, 라고 믿을 수 있다면 그에게 제일 먼저 부처님 광명이 비치게 되어 큰 자유와 지혜를 얻음은 물론 만인의 존경을 받는 위대한 사람이 될 것입니다.”

그때였다. 강의에 열중하던 장 교수는 갑자기 그녀를 지목했다.

“선묘화 보살님, 보살님께서는 누구의 어머니, 누구의 부인이라 생각하고 계십니까. 부처님 시봉하는 사람이라 생각하십니까.”

그녀는 당황했다. 장 교수의 돌발적 질문에 그녀는 자신도 모르게 다음과 같은 말이 튀어나왔다.

“선생님 말씀대로 저는 부처님 시봉하는 사람입니다.”

장 교수는 계속해서,

“나는 부처님 시봉하는 사람이라고 생각하신다면 누구 한 사람의 어머니가 되는 것입니까? 만인의 어머니가 되시는 것입니까?”

“만인의 어머니라고 해야 되겠지요.”

“보살님께서는 지금부터 누구의 어머니가 아니고 만인의 어머니로서 역할을 하실 수 있겠습니까.”

“……”

거듭되는 질문에 그녀는 말문이 막혔다.

“다시 묻습니다. ‘나는 부처님 시봉하는 사람이다’라고 인정하신다면 그것은 만인의 어머니라는 뜻이 아닙니까?"

그녀는 또다시 얼떨결에 대답했다.

"그렇습니다. 부처님 시봉하는 사람은 만인의 어머니입니다."

장 교수는 다시 물었다.

"선묘화 보살님은 만인의 어머니가 되실 수 있는 자질을 충분히 갖추신 분이므로 물은 것입니다. 누구나 만인의 어머니가 되시려는 분이 계시다면 나는 이분을 지극한 사랑으로 받들 것인데 만인의 어머니가 되시겠습니까?"

그녀의 마음속에 은근히 그리움의 대상으로 자리 잡은 장 교수가 지극한 사랑으로 정성껏 받들겠다고 하는 말에 그녀는 정신이 번쩍 들었다.

"네! 만인의 어머니가 되겠습니다!"

그 순간 주위에서 요란한 박수 소리가 울려 퍼졌다.

"만인의 어머니가 되시겠다는 분을 저는 지극한 사랑으로 정성껏 받들 것입니다."

그녀는 그 말을 좋아하고 존경하는 장 교수가 그녀에 대한 프러포즈를 은유적으로 표현한 것으로 짐작했다.

두 주일 후 그녀는 그녀 소유의 모든 재산 목록을 들고 장 교수를 찾았다.

"선생님! 선생님의 간곡한 권유로 저는 만인의 어머니가 되려고 마음먹었습니다. 이것이 제가 가진 전 재산인데 저는 만인의 어머니가 되고 또 선생님이 원하는 인재 양성을 위한 금강경 연수원 설립을 위해, 모든 재산을 바칠 결심을 했습니다. 그러나 현재의 모든 재산은 대부분 부동산이어서 쉽게 현금화할 수 없습니다. 선생님께서는 이 부동산을 연수원 건물을 지을 수 있는 현금으로 환산하시어, 선생님의 뜻을 이루도록 하시지요. 이 정도 재산이면 선생님께서 구상하시는 연수원 설립에 결정적 도움이 될 것으로 생각합니다."

장 교수는 눈을 지그시 감았다. 한동안 무엇을 깊이 생각하는 듯했다.

"선묘화 보살님! 말씀 너무나 고맙습니다. 보살님께서 만인의 어머니가 되시겠다는 마음을 내시고, 더하여 이렇게 선뜻 거액의 재산을 희사하실 마음까지 내시다니 정말 뜻밖입니다.

보살님께서 이런 거액을 바치려 하실 때에는 많은 고민을 하신 끝에 내린 결단이었을 것입니다. 아무리 충분히 생각하셨다고 하더라도 미처 고려하지 못한 부분이 있는 법이고, 고려하지 못한 부분이 뒤늦게 발생될 때, 거액을 바치는 것이 얼마나 경솔했는지를 아시게 될 것입니다. 보살님의 자녀들도 이 재산에 대해서 상당히 관심이 많을 것입니다. 재산을 바치기에 앞서 재산에 관심이 있는 가족들에게 원만한 양해를 구함은 물론, 금강경을 잘 읽으시고 부처님께서 말씀하시는 지혜의 소리를 먼저 청취하시어 결정하시는 것이 좋을 것입니다."

장 교수는 그녀에게 재산 바치는 일을 신중하게 다시 생각해 보라고 권했다. 먼저 경을 잘 읽어 부처님의 지혜의 말씀을 청취하고 나서 결정하라는 당부였다. 그녀가 말했다.

"제가 이런 말씀을 드릴 때에는 사전에 자녀들과 충분한 교감을 이루었습니다. 저는 자녀들에 대해서는 아무 걱정이 없습니다. 벌써 몇 년 전부터 이 재산을 좋은 일에, 이왕이면 부처님 사업에 쓰려고 결정했습니다. 부처님의 지혜의 소리를 청취하라는 것은 무슨 뜻인지요?"

선묘화 보살이 여성의 몸으로 숱한 고생을 겪으며 이룩한 전 재산이었다. 그녀가 좋은 일에 사용하려고 굳게 마음먹었다 하더라도 장 교수로서는 다시 한번 고민해보라는 의도였다. 불사에 전 재산을 바치는 것은 누구나 할 수 있는 일이 아니다. 행동으로 옮기기 전에 '과연 이 일이 나에게 합당한가. 이 결정이 훗날 후회를 가져오는 일은 없을까.' 재삼 심사숙고를 해야 하는 중차대한 일이기 때문이었다. 장 교수의 입장에서도 그녀의 뜻을 선뜻 받아들이는 데에 왜 고민이 없겠는가. 장 교수의 사려 깊고 조용한 말씀이 이어진다.

"이 재산을 기부하는 것이 타당한가, 아닌가를 분별하는 그 마음을 부처님께 자꾸 바치시라는 말씀입니다. 갈등의 마음, 의심의 마음을 자꾸 바치다 보면 어느 때인가 그 갈등하는 마음이 사라지고 지혜의 눈이 열릴 때가 있게 됩니다. 그 지혜는 부처님께서 주신 지혜지요. 그 지혜의 말씀, 응답에 의하여 일을 진행하면 큰 실수 없이 일이 진행될 것입니다. 지금 속히 재산을 바치려 하시지 말고 며칠 또는 몇 주 금강경 공부를 더 하시고 결정을 내리시지요."

그녀는 숙연해진다. 장 교수의 정중한 말씀, 무슨 일이든 부처님께 먼저 여쭈어보라고 하는 그 자세에 깊은 감명을 받는다. 그녀는 부처님의 응답을 위해 금강경 공부를 더 열심히 하리라 결심한다. 3주가 지나도록 그녀의 마음에는 아무런 부처님의 응답은 떠오르지 않았다. 얼마 후 고양시 연구소로 장 교수를 다시 방문했다.

"아무리 경을 읽고 부처님의 응답을 기대하였으나 응답이 없었습니다. 그런데 잘 생각해 보니 제가 가지고 있는 제주도 부동산은 원체 덩치가 커서 쉽게 팔리지 않을 것이고, 머지않아 제주에 신공항이 들어서게 된다면 그때 가서는 더 좋은 가격으로 팔 수 있게 될 것입니다. 그래서 당분간은 재산을 바치는 마음은 접고 새로운 제안을 할 마음을 내게 되었습니다. 선생님께 새로운 제안을 말씀드려도 되겠습니까?"

"무슨 말씀이신가요?"

장 교수는 선묘화 보살의 새로운 제안에 관심을 갖고 조심스럽게 응대했다. 그에게는 그녀의 말이라면 무엇이든 다 수용하고 경청할 준비가 되어있었다.

"선생님께서는 좋은 집을 모두 제자들에게 주시고 이런 초라한 옥탑방에 거주하시는 것을 보면 제 마음이 아픕니다. 제가 당장 현금은 없지만 제주도 땅을 담보로 대출하면 고양시 근교에 선생님께서 머무실 아담한 전원주택은 마련할 수 있을 것 같습니다. 그것을 허락해 주시겠습니까?"

장 교수가 거처할 주택을 건축하겠다는 제의였다. 그녀는 장 교수에게 편안한 주거지를 마련해 드리고 싶은 마음이었다.

"아! 고맙습니다. 생각해보겠습니다."

그로부터 몇 주가 지나갔다. 그녀는 주택을 신축하는 데에 대해서 장 교수의 승낙을 받기 위해 다시 연구소를 찾았다.

"선생님, 결정을 하셨나요? 만인의 지도자이신 선생님께서 어찌 이런 집에서 사실 수 있겠습니까?"

"너무 아름다운 말씀이시고 나에게 과분한 일이니, 좀 더 생각할 시간을 주십시오. 그런데 참 이상한 일이 일어났습니다."

장 교수가 다른 방향으로 이야기를 이끌어갔다.

"우리 연구소에 가끔 공부하러 오시는 박 씨 노인이 계십니다. 며칠 전에 오셔서 저에게 자신의 꿈이 하도 이상하니 꿈 해몽을 해달라는 것이었습니다. 그래서 제가 '도대체 무슨 꿈이기에 이상하다 하시오?'라고 물었습니다. 그랬더니 박 씨는 다음과 같이 꿈 이야기를 저에게 들려주었습니다.

선생님! 여기 회원들이 다 아시듯, 선생님께서는 어떤 제자도 없이 혼자 계시는 분이 아니십니까? 그런데 제 꿈에 느닷없이 선생님의 사모님이라 하는 분이 나타난 것입니다. 선생님께서도 풍채가 좋으시지만 사모님이라는 분도 풍채가 좋은 것이 꼭 왕비와도 같았습니다. 그런데 그런 분이 나타나서,

'내가 곧 선생님을 위하여 머지않아, 선생님이 바라는 연구소를 지어드리리다.'
라고 하는 것이 아니겠습니까? 꿈이 하도 생생하고, 또 좋은 꿈인 것 같아 선생님께 여쭙고 뜻을 알고 싶었습니다. 내가 다리가 아파 도저히 여기에 올 수가 없었습니다. 하지만 꿈이 너무 이상해서 꼭 선생님께 전해 드려야겠다 생각하고 허겁지겁 찾아왔습니다."

선묘화는 장 교수로부터 그 말을 듣는 순간 꿈속의 왕비와 같았다는 주인공은 혹시 그녀 자신이 아닐까 상상했다.

"선생님. 시간이 되시면 연수원 건립, 불사를 의논하기 위해 시간을 좀 내주실 수 없겠습니까?"

그녀는 장 교수를 연구소 밖으로 끌어내고 싶었다. 그를

집 밖으로 모시고 나가 조용한 시간을 가지면서 차츰 집을 지어드리는 일을 설득하고 싶었다.

"좋습니다."

장 교수는 의외로 쉽게 허락을 했다. 그녀는 자기 이름으로 등록된, 부산의 콘도로 장 교수를 안내하기로 작정했다. 그녀는 박 씨의 꿈을 장 교수와 결혼으로 엮어두려는 부처님의 선물, 메시지로 받아들인 것이다.

선뜻 대답하고 따라나서는 것을 보니, 장 교수도 그녀와 동일한 생각을 하는 모양이라고 여겼다.

부산에 도착했다. 콘도에 도착하자 그녀는 어려운 분과 한 방에 있는 것이 좀 계면쩍고 쑥스러웠다. 그녀는 장 교수에게 산책을 제안했다.

"여기서 멀지 않은 곳에 동백섬이 있습니다. 동백섬까지 잠시 산책하시지 않겠습니까?"

"네, 좋습니다. 아주 오래전 친구와 함께 동백섬에 머문 적이 있습니다. 그때의 동백섬은 참 아름다웠습니다. 수령이 200년이 될 듯싶은 우람한 소나무 숲길, 다듬어진 산책길, 산책길 사이로 보이는 남해 바다는 내 마음을 평온하게 하였습니다."

    동백섬의 소나무 숲길을 천천히 걸어 최치원 선생의 동상 앞까지 도달했다. 그녀는 기분이 날아갈 듯 상쾌했다. 어색했던 분위기가 자연스럽고 편안하게 변한 것을 느낄 수 있었다. 장 교수와 그녀는 나란히 벤치에 걸터앉았다.

    "선생님, 여기 먼 부산까지 내려오시게 해서 죄송합니다. 저는 처음 방송 들을 때 선생님 강의 한 마디, 한 마디에 머리를 탕! 하고 얻어맞은 충격을 받았습니다. 스스로 인생의 산전수전을 다 겪었다고 자부하던 저는 이런 경험은 제 일생에 최초일 것입니다. 전생에 깊은 인연이 아니고서는 금생에 처음 만나 있을 수 없는 일이라 생각됩니다.

    그다음에 선생님을 직접 만나 살아오신 이야기를 들으니 너무나도 딱하고 고생을 많이 하신 것 같았습니다. 오로지 스승님의 뜻만을 관철하기 위해, 세속의 부귀영화 길을 다 포기하신 그 고결한 뜻에, 저는 깊은 존경심과 사랑의 마음을 금할 수가 없었습니다. 존경이나 사랑보다 더욱 제 마음을 끌리게 한 것은 선생님의 일생과 제 일생이 너무 유사하다는 것이었습니다. 오죽하면 선생님의 고달픈 인생 이야기를 듣고 제가 크게 흐느꼈겠습니까. 그 후 집에 돌아와서는 선생님의 일생을 좀 더 자세히 알아보기 위해 저는 선생님께서 말씀하신 유튜브를 찾아서 듣고 또 들었습니다. 하루에 몇 시간을 들어도 조금도 지루하지 않았습니다. 스승의 뜻을 받들어 인재양성소를 세우시겠다는 뜻에 공감하게 되었던 것입니다.

저는 저 자신에게 약속했습니다. 제가 선생님께서 그토록 원하는 연구소를 지어드려 만인의 어머니가 되자, 선생님의 사랑을 듬뿍 받자, 라고 생각한 것입니다. 그래서 제가 감히 여기 부산에 초대할 용기가 난 것입니다. 선생님의 사랑을 받자는 제 무례를 용서해 주십시오."

먼젓번 상락아정연구소에서 강의를 들을 때, 그녀는 장 교수가 은유로 자신에게 프러포즈한 것처럼 여겼듯이, 선묘화 보살 역시 이 시간, 동백섬에서 장 교수에게 그동안 품어왔던 사랑의 마음을 고백하는 것인지도 몰랐다.

"아닙니다. 보살님! 보살님께서는 나를 만난 지 얼마 되지 않아서 나에 대한 좋은 마음을 내시었을 뿐 아니라, 거액의 재산을 선뜻 바치겠다는 마음을 내셨습니다. 내가 연구소를 차려 놓은 지 근 20년, 나는 그처럼 많은 재산을 바칠 마음을 내는 사람을 만나 본 적이 없습니다. 내가 생각하는 연구소는 하늘이 도와야 가능한 일이라 믿어왔습니다. 보살님의 뜻은 참으로 고맙지만, 저로서는 얼른 받아들일 수가 없었습니다. 그런데도 보살님께서 물러서지 않으시고 저에게, '선생님께서 허락하신다면 선생님의 살 집만이라도 제가 마련해 드리겠다'고 하셨습니다. 살 집을 마련하신다 하셨지만 이 또한 매우 큰 돈이 드는 일입니다.

　나는 보살님의 그런 고귀한 뜻에 감동하지 않을 수 없었으며, 인간세계에서 볼 수 없는 소설에서나 볼 수 있을 법한, 희귀한 일, 드문 주인공이라 생각했습니다. 내가 부산까지 순순히 보살님을 따라온 것은 이것 말고도 별도의 이유가 있었기 때문입니다."

　선묘화 보살을 따라서 부산까지 내려온 데는 또 다른 이유가 있다는 장 교수의 말에 그녀는 긴장했다.

　"별도의 이유란 무엇인가요?"

　"수도할 때 저의 스승께서는 보살님이 좋아하시는 측천무후에 관해서 두 번이나 말씀하신 적이 있었습니다. 그 말씀을 하실 때 세 사람의 제자가 동석하였는데, 말씀 도중 두 번이나 나를 바라보시면서 말씀하셨습니다. 이것은 다른 제자가 아닌 바로 나에게 들으라고 하는 말씀, 바로 나에게 해당하는 수기설법隨機說法임을 직감하였습니다."

"무슨 말씀이었는데요?"

선묘화는 느닷없이 측천무후 이야기가 나오므로 흥미를 느꼈다.

"스승께서는 다음과 같이 말씀하시었습니다."

중국 역사에는 여자 임금이 딱 한 사람 있다. 바로 당나라 측천무후다. 측천무후는 훌륭한 남자를 곁에 두고 국정에 관한 의견을 듣고자 했다. 그러나 주위의 눈총이 두려웠다. 그이는 좋은 꾀를 생각해 냈다. 당대에 덕망 높기로 유명한 두 스님을 궁궐로 초대한 것이었다. 한 스님은 국사로 있던 충국사였고, 또 한 스님은 신수 대사였다. 이들과 함께 있으려면 이들이 조금도 여색을 탐해서는 안 되겠기에 측천무후로서는 두 스님 중에 여색에 초연한 스님을 고르려는 것이었다.

"스님들도 때로는 여자 생각이 나십니까."

측천무후가 두 스님의 심중을 떠보았다.

이에 대해 충국사는 '절대 그런 일이 없습니다'라고 답하였다. 신수 대사는 '몸뚱이가 있는 한 그런 생각이 없을 수 없겠지만 다만 방심하지 않을 뿐입니다'라고 했다. 측천무후가 두

스님의 얼굴빛을 보고 느끼기에, 충국사는 분별심이 있을 것 같은데 전혀 없다 하고, 신수 대사는 분별심이 전혀 없을 것 같은데 있다 하니 알 수 없는 노릇이었다.

측천무후는 두 스님을 목욕탕으로 들여보냈다. 그리고는 반반해 보이는 궁녀 몇을 홀딱 벗겨서 스님의 때를 닦아 드리게 하였다. 그래 놓고 자신은 목욕탕 꼭대기 유리문을 통해 스님들을 관찰하였다. 그런데 이게 어찌 된 일인가. 절대로 여색에 동하지 않는다던 충국사는 몹시 흥분하여 어쩔 줄을 몰라 했고, 몸뚱이 착이 없을 수 없다던 신수 대사는 여여부동(如如不動)하였다. 측천무후는 '물에 들어가니 길고 짧음을 알겠더라.'

라고 깨달았다.

이에 입수(入水)에 견장(見長)이라는 시를 짓고, 이후 신수 대사를 늘 곁에 모시고 국정을 의논하였다. 측천무후와 함께 있게 된 신수 대사는 참 잘되었고, 또 참 잘 안되었다. 무엇이 잘 안되었나. 임금 곁에 매여 있어 자유로울 수 없으니 잘 안되었다는 것이다. 무엇이 잘 되었나. 여왕 곁에 매여 있어 한시도 방심할 수 없고, 몸뚱이 착을 닦아야 하니 그것이 참 잘되었다는 뜻이다.

"스승께서 두 번이나 나를 쳐다보고 이 말씀을 하시는 것을 들으면서, 이 법문은 너희들도 신수 대사처럼 음탐심을 잘 닦아라, 하는 뜻만 있는 것이 아니라, 내 미래에 대한 암시라고 생각했던 것입니다. 다시 말씀드리면 나는 언제인가 측천무후와 닮은 인연을 만날 것이고, 이것은 다 어쩔 수 없는 운명적 만남일 것이라고 그 당시에 이미 예상했던 것입니다."

의외의 말에 그녀는 깜짝 놀랐다.
"그러면 선생님께서는 저를 측천무후와 신수 대사의 관계처럼 최측근 동반자로 생각하셨다는 말씀입니까?"
"보살님을 처음 뵈었을 때는 미처 잘 몰랐더니 두세 번 뵙게 되면서 그런 운명적 만남이란 느낌이 진하게 다가왔습니다."
"그렇다면 선생님, 동반자에게는 어떤 식으로 사랑을 주시겠습니까. 선생님의 사랑은 보통 사람들과 다르지 않겠습니까?"

선묘화 보살의 질문은 세밀하고 대담했다.

"선생님은 고희를 훌쩍 넘기신 분이시고 오랜 수도 생활을 하신 분이십니다. 제가 꿈꾸는 따뜻한 사랑, 달콤한 사랑과는 맞지 않을 것으로 생각했습니다."

"나는 오랜 세월 동안 남녀의 칙살스런 애정이란 착각이요, 본래 없음을 알고 그 애정의 마음을 힘써 부처님께 바치려 부단히 노력해 왔습니다. 나의 사랑은 세상 사람들의 육체적 사랑과는 근본적으로 거리가 멀다 하겠습니다. 그러나 보살님처럼 큰 은혜를 주신 분에 대해서는 정신적으로 누구 못지않게 진실한 사랑을 할 수 있을 것으로 생각합니다. 저는 가끔 이상적인 부부를 생각할 때 저의 스승께서 가장 사랑하셨던 제자 변정식 선생을 떠올리곤 합니다.

변정식 선생은 8세 연하의 치매 앓는 부인을 10년 가까이 정성껏 간호하다 먼저 저세상에 보내고 만 98세의 나이로 작년에 세상을 떠나셨습니다. 나는 변정식 선생댁을 수차례 방문하고, 그가 부인께 대하는 태도를 볼 기회가 있었습니다. 변 선생은 부인을 대하기를 꼭 부처님 섬기듯 하셨습니다. 그분은 조카에게도 존대를 쓴다는 분이시지만 부인에게도 깍듯이, 선생님, 선생님, 하셨어요. 그렇게 하는 이유를 내가 묻지도 않는데 변 선생은, '저이가 학교에서 선생 노릇을 했으니 내가 선생님이라 호칭하는 것은 자연스럽지 않아요?'라는 것이에요, 나는 그 모습에 매우 감동하고 진정한 불자라면 저 변정식 선생님처럼 부인을 대하여야 할 것으로 생각했습니다. 내가 감히 그분을 따라갈 수야 있겠습니까만은, 선묘화 보살님에 대해서는 변정식 선생님의 태도를 닮으려 노력하겠습니다."

　부산 해운대 콘도에서 2박을 한 뒤, 그녀는 장 교수에 대한 애경愛敬심이 더욱 깊어갔다. 그분에게 좋은 집을 지어드리려는 결심 또한 더욱 건고해졌다. 어쩌다 장 교수가 대구에 내려오는 경우 부처님께 공양하듯, 정성을 다해 음식을 대접했다. 늘 수수한 행색의 장 교수에게, 가장 좋은 메이커의 옷으로 머리에서 발끝까지 다 바꾸어 드렸다. 장 교수를 대하는 그녀의 마음은 마치 춘원 이광수 선생의 「육바라밀」이라는 시의 내용과도 비슷했다.

　　님에게는 아까운 것 없이 무엇이나 바치고 싶은 이 마음
　　거기서 나는 보시(布施)를 배웠노라

　　님께 보이자고 애써 깨끗이 단장하는 이 마음
　　거기서 나는 지계(持戒)를 배웠노라

　　님이 주시는 것이면 때림이나 꾸지람이나 기쁘게 받는 이 마음
　　거기서 나는 인욕(忍辱)을 배웠노라

　　천하에 많은 사람 가운데 오직 님만을 사모하는 이 마음

거기서 나는 정진(精進)을 배웠노라

　　자나 깨나 쉴 새 없이 님을 그리워하고 님 곁으로만 도는 이
마음
　　거기서 나는 선정(禪定)을 배웠노라

　　내가 님의 품에 안길 때에 기쁨도 슬픔도 님과 나의 존재도
잊을 때에
　　거기서 나는 살바야(智慧)를 배웠노라, 인제 알았노라

　　님은 이 몸에게 바라밀을 가르치려고 짐짓
　　애인(愛人)의 몸을 나툰 부처시라고

　　그녀에게 장 교수는 애인의 몸을 나툰 부처님 같은 존재였
다. 그에 대한 그녀의 보시는 아무 조건이 없는 보시, 응무소
주應無所住 이생기심而生其心 즉, 티 없는 무주상보시였다. 말
하자면 장 교수와의 만남을 통해서 선묘화 보살은 새로운 세
계를 경험하게 된 셈이었다. 무엇보다 보시에 인색하다는 소
리를 듣던 선묘화는 무주상보시를 실천하는 보살로 변해가고
있었던 것이다. 그녀 스스로 생각해도 참으로 놀랄만한 일대
사 큰 인연, 엄청난 변화였다.

통 큰 그녀, 믿음이 확고한 그녀는 본인이 소유한 제주도 땅을 담보로 은행에 대출을 신청했다. 존경하는 선생님이 머무실 최적의, 아늑한 거처를 마련해 드리고 싶었기 때문이다.

그녀는 매주 좋은 집터를 물색하러 다녔다. 고양시의 장 교수 연구실에서 멀지 않은 장소를 택하여 단독주택을 건설하기로 작정했다. 2, 3개월에 걸쳐서 좋은 주택지를 찾아 헤맨 후, 양주시 장흥면 북한산이 바로 보이는 경치 좋은 집터를 발견하게 되었다. 북한산 도봉산이 훤히 바라다보이는 상서로운 집터, 대한민국에서 이보다 더 좋은 집터가 어디 있으랴 싶었다. 장 교수도 이 집터에 매우 만족한 듯싶었다.

대출한 돈으로 아름다운 집터를 살 수 있었지만 그녀는 대구의 황토 주택보다 더욱 훌륭한 저택을 마련하기 위해서는 상당한 건축 자금이 필요했다.

현금이 없는데 또 어디서 대출을 하나. 돈이 생길 때까지 집 건축을 한두 해 연기해야 하나. 그녀의 마음에 갈등이 올라왔다. 아니다. 장 교수는 나이가 많으시니 건축을 미룰 수는 없다. 그녀의 호텔이 이미 담보로 들어가 있지만 추가로 더 대출을 시도해보자고 궁리한다.

또한 건축을 용이하게 하기 위해서는 전문업자를 불러 공사를 위탁해야 한다. 가지고 있는 돈을 탈탈 털어 건축을 하는 것이기 때문에, 전문업자를 시켜 공사를 위탁할 자금이 없었다. 갈등하던 끝에 드디어 그녀는 결단을 내렸다. 건설회사에 수년간 종사했던 경험을 바탕으로 그녀가 직접 시공, 감독, 관리할 생각이었다.

숱한 우여곡절을 겪으며 마침내 공사 개시 1년 만에 대지 200여 평, 건평 70여 평, 차고 20평의 대 저택을 완성했다.

> 님에게는 아까운 것 없이 무엇이나 바치고 싶은 이 마음
> 거기서 나는 보시(布施)를 배웠노라
>
> 님께 보이자고 애써 깨끗이 단장하는 이 마음
> 거기서 나는 지계(持戒)를 배웠노라

그녀는 장 교수를 만남으로 무주상보시가 무엇인지, 얼마나 보람 있고 값진 일인지를 새롭게 터득하게 되었다. 더구나 금강경 공부가 무엇인지도 확실하게 깨닫게 되면서 깊은 환희심을 느꼈다. 인간의 내면에 이토록 보배로운 마음이 있는가 하는 것을 새삼스럽게 인정하는 계기가 되었다.

건물이 완성되던 날 장 교수는 몹시 감동하는 모습이었다. 그의 두 눈에 굵은 눈물방울이 맺히는 것을 그녀는 보았다.

"선생님! 선생님께서는 늘 금강경을 강의하시며 모든 슬픔과 기쁨은 꿈과 같이 다 허망하다 하셨습니다. 저는 선생님은

눈물이 없으신 분으로 알았습니다. 그런데 어찌해서 이런 조
그마한 집을 지었다고 감동해서 눈물을 흘리십니까? 눈물이
란 선생님에게 어울리지 않는 것 같습니다.”

그녀의 말은 진심이었다. 오랜 세월 수도자로서 살아오신
분이라 장 교수는 눈물도 감상도 다 초월하신 줄 알았다.

“선묘화 보살님! 보살님이 많은 돈을 대출해서 이렇게 훌
륭한 집을 지어준 것만 해도, 세상에 듣기 어려운 미담이 분
명합니다. 내 눈물은 이런 미담으로 인한 감동 때문에 흘리는
눈물만은 아닙니다. 혹시 선묘화 보살님! 임진왜란 때 진주
남강에서, 왜장을 껴안고 장렬하게 죽은 천하의 열사 논개를
아시는지요?”

“물론 잘 알지요. 나라를 위해 목숨을 바친, 너무나도 거룩
한 분이시지요.”
“사람들은 논개를 나라를 위해 목숨을 바친 사람, 의기義妓
로만 알고 있어요. 하지만 논개는 의기라고 하기보다는 열녀
烈女라 해야 옳을 것입니다. 저는 그렇게 봅니다.”
“어째서 논개가 의기가 아닌 열녀인가요?”
“논개는 진주가 아닌 전라북도 장수 출신으로 본래 기생이

아니었습니다. 한다하는 양반집 딸로 태어났습니다. 부친이 일찍 세상을 뜨자, 숙부의 집에 어머니와 함께 몸을 의탁하고 지냈습니다. 논개는 어린 나이지만 용모가 뛰어나고 재주와 지혜가 출중했다는 것이지요. 이를 눈여겨 보아왔던 장수 고을 어느 부호가 논개를 민며느리로 들이고자 그녀의 숙부에게 쌀 50석을 지불했습니다.

논개 모녀는 이를 거부하고 모친의 고향인 경상도 땅으로 도주했습니다. 모녀는 어느 지인의 가택에 숨어 지냈습니다. 하지만 수소문해서 추적해 온 고을 부호에게 발각되어 장수 현감에게 넘겨져 재판을 받게 되었습니다. 당시 장수 현감은 논개 모녀의 억울하고 딱한 처지를 소문으로 익히 알고 있었습니다. 판결 끝에 무죄 석방하였고, 오갈 데 없는 그들의 처지를 딱하게 여긴 현감이 자신의 관저에서 기거하도록 배려해 주었다는 것입니다.

논개가 성년이 될 무렵 고을 현감이 부인과 사별하게 되었습니다. 혼자 몸이 된 현감은 평소에 보아온 아리따운 처녀 논개를 부인으로 맞아들입니다.

그때 임진왜란이 일어나 논개 남편인 장수 현감이 전라도 의병장이 되어 전쟁터에 나가 왜구와 맞서 싸우다가 격전지에서 순국하고 말았습니다. 비통해하던 논개는 남편의 죽음에 복수할 방법으로 왜장을 죽이기로 결심하게 됩니다.

왜군 장수들이 승전에 고무되어 연회석에서 술에 취해 있을 때, 기생을 가장하여 가파른 바위 끝에 선 논개가 왜군 장수를 유혹했습니다. 모두 겁을 먹고 가까이 하기를 꺼려했지만 적장의 우두머리는 자신의 용맹을 과시라도 하듯, 논개에게 접근을 시도했습니다. 논개는 계획대로 열 손가락에 가락지를 낀 채, 적장을 끌어안고 진주 남강에 몸을 던졌습니다. 사랑하는 남편의 원수도 갚고, 꽃다운 나이를 조국을 위해 바친 것입니다."

장 교수의 논개 이야기는 그녀에게 실로 뜻밖이었다.

"남편을 죽인 원수인 적장의 목을 껴안고 논개가 죽었다는 사실이 저는 하나도 이상하지 않은데 어찌 이런 평범한 이야기에 선생님께서는 눈물을 흘리시는 것입니까?"

그녀는 장 교수가 그만한 일로 눈물을 흘리는 게 이상하게 여겨진 것이다.

"내가 눈물을 흘린 것은, 논개의 순절에 대한 이야기를 듣고 변영노 선생이 지은 아름다운 시 때문이었어요. 변영노 선생은 논개의 거룩한 죽음에 감읍하여 다음과 같이 시를 지었어요."

거룩한 분노는

종교보다도 깊고

불붙은 정열은
사랑보다도 강하다

아, 강낭꽃보다도 더 푸른 그 물결 위에
양귀비꽃보다도 더 붉은 그 마음 흘러라

아리땁던 그 아미
높게 흔들리우며

그 석류 속 같은 입술
죽음을 입 맞추었네

아, 강낭꽃보다도 더 푸른 그 물결 위에
양귀비꽃보다도 더 붉은 그 마음 흘러라

푸르른 강물은
길이길이 푸르리니

그대의 꽃다운 혼
어이 아니 붉으랴

아, 강낭꽃보다도 더 푸른 그 물결 위에

양귀비꽃보다도 더 붉은 그 마음 흘러라

"어떻습니까? '그대의 꽃다운 혼!' 논개는 그야말로 애국의 꽃이 아니겠습니까? 내가 이 시를 읽은 것은 고등학교 일학년 때였습니다. 벌써 60년이나 되었네요. 월탄 박종화 선생이 지은 대하소설 『임진왜란』이란 책을 읽을 때, 그 책에 소개된 논개의 거룩한 죽음과 이를 예찬한 변영노 선생의 시를 대하게 되었지요. 한창 감수성 강한 시절, 펑펑 눈물을 쏟았던 기억이 났습니다. 물론 선묘화 보살님은 논개와는 모든 점에서 다르지요. 그러나 오직 한 가지 점에서만은 논개와 아주 동일하였습니다. 남편을 지극히 사랑하는 마음, 애인의 한을 풀어주고자 본인의 열정을 다 바쳤다는 점은 많이 닮아있습니다.

선묘화 보살님이 거액의 돈을 무리해서 대출하셨고, 거친 노가다들과 싸우면서 이 집을 완공하는데 얼마나 애를 쓰셨습니까. 특히 집을 멋지게 짓기 위해 영국의 건축가가 창안하였다는 노출 콘크리트 공법 도입으로 집을 짓는 과정에서, 말을 잘 듣지 않는 경기도 양주의 입자들을 대구까지 데리고 가서, 노출 콘크리트의 집을 구경시키지 않았습니까?

이런 모든 일들을 헤아려 보면 보살님은 마치 남편의 한을 풀어주기 위해 모든 것을 다 바친 논개와 똑같다고 생각한 것이었지요. 그런 것을 생각하면서 변영노 선생의 시의 내용, 〈양귀비꽃보다 더 붉은 마음〉에 눈물을 흘렸던 것입니다. 그 당시의 감동은 60년이라는 긴 시간에도 조금도 퇴색되지 않은 것 같습니다."

장 교수가 말을 마치자 선묘화 보살이 말을 이었다.

"저를 천하의 열녀 논개와 같은 반열로 비유해 주시니 너무 황송합니다. 저의 정성이 어찌 감히 논개의 거룩한 남편 사랑, 애국 애민 정신에 미칠 수 있겠습니까. 다만 논개가 현감을 사모하고 존경했다는 열정에 있어서는 저도 뒤지지 않을 것으로 생각합니다."

선묘화 보살은 자신의 심경을 가장 진술하고 정직하게 표현할 줄 아는, 사랑받을 자격을 갖춘, 재색겸비의 총명한 여성이었다. 그녀는 사랑의 고백에 있어서도 감추거나 망설이지 않았다. 담백하고 간결하게 자신의 본심을 장 교수에게 드러내 보였다.

"우리 스승께서 인간은 시시각각으로 소원을 성취하는 위대한 존재라고 말씀하셨습니다. 나는 오래전부터 뛰어난 경관이 있는 집에서 살아 보았으면 하고 소원한 적이 있습니다. 스승의 뜻을 받드는 일이 원체 많고 분망해서 그 일에 전념하느라 금생에는 이런 좋은 집에서 살 엄두를 못 냈습니다. 선묘화 보살님이 내 뜻을 잘 이루어 주신 것입니다. 보살님! 대단히 감사드립니다."

장 교수는 선묘화 보살의 지극한 사랑으로 말미암아 소원을 성취한, 만인에게 희망을 주는 지도자, 아이디어 맨, 위대한 존재로 거듭 태어난 것이었다.

"이제 집을 지었으니 친척이랑 친구도 불러서 함께 기뻐해야 하지 않겠어요."

"물론 그래야지요, 이 집을 짓고 선묘화와 함께 사는 것을 축하해 줄 사람이라면 모두 초청하지요. 기뻐할 사람이 있다면 다 불러 함께 기뻐해야 되겠지요."

"선생님 연구소의 회원들도 불러야 하지 않겠어요?"

"진심으로 축하할 사람이라면 모두 부르도록 하지요."

🪷윤명자 사장이 장 교수를 위해 무주상보시의 마음으로 지은 집

그녀는 이 집을 짓기 위해
다리 골절상을 입어 목발을 짚으면서도
대구와 양주를 오가며 집터를 고르고
건축, 시공, 감독까지 직접 뛰어다니면서
일년여 만에 집을 완공했다.

기쁨이 가득한 집

예로부터 조상들은 말로 형용하기 어려운 멋진 풍경을 대할 때 〈천하제일강산天下第一江山〉이라고 이름을 지어 불렀다고 한다. 새로 건축한 집에서 보는 자연경관은 장엄하고 수려했다. 우측으로 북한산의 우뚝 솟은 모습이 보이고, 오봉五峰을 아름답게 뽐내는 도봉산이 중앙에 위치해 있다. 좌측으로 사패산이 편안하게 누워 있는 풍경은 그대로 한 폭의 동양화요, 말 그대로 천하제일 강산이었다.

풍광뿐 아니라 정원 역시 매우 단아하고 고즈넉했다. 장교수가 좋아하는 우람한 소나무 6그루, 이들과 조화를 이룬 오묘한 맛을 풍기는 거대한 정원석과 연못, 봄 여름 가을 겨울, 계절마다 어울리도록 심은 철쭉, 목백일홍, 장미가 어우러진 정원 역시 천하세일 강산에 걸맞는 정원으로 손색이 없었다.

장 교수가 집 이름을 지었다. 〈기쁨이 가득한 집〉이었다. 선묘화는 이 집을 이름 그대로 지상낙원으로 만들겠다고 마음을 단단히 먹었다. 그녀는 대구의 황토 주택에서 몇 년간 애지중지하던 경대를 가져왔다. 무거운 장독대도 실어 날랐다. 왜냐하면 안식구가 되어서 선생님을 잘 시봉하고 또 몸을 단장하려면 그녀 마음에 드는 경대가 필요했다. 선생님의 건강을 잘 챙기려면 맛있는 된장이 담긴 장독도 가져와야 한다고 생각한 것이다.

이런 마음으로 경대와 장독대를 가져왔다면 선생님은 무척 반가워할 것으로 알았다. 그런데 선생님은 그녀의 기대만큼 반가워하지 않는 것 같았다. 왜 그럴까. 수도자들은 얼굴에 표정을 잘 나타내지 않는다고 하더니 그래서 그런가. 그녀는 안타까웠다.

"아니, 경대랑 장독대까지 가져왔군요. 대구에서 사업하기도 바쁠 텐데 여기 와서 살림까지 할 수 있겠어요?"

"물론 대구 사업도 바쁘지요, 저는 이제부터 선생님을 시봉하는 사람이 되고자 마음먹었어요. 가능한 대로 시간을 내어 밥도 해 드리고 빨래도 해 드리고요. 그리고 몸치장도 잘하기 위하여 애지중지하던 경대까지 가져왔어요. 더구나 선생님은 공인이시므로 이 집에는 사람도 많이 찾아올 것인데 이 시중을 누가 다 하겠어요? 제가 두 주일에 한 번씩은 서울에 올라올 생각입니다. 그러자니 경대나 장독대는 당연히 필요하다고 생각한 것입니다."

장 교수의 아내로서 순수하고 사랑스러운 그녀의 의도였다.

"그 말을 들으니 참 그렇군요. 20여 년 혼자만 있어서 누가 나를 이처럼 배려해 줄까 생각해 왔는데 그만 가슴이 뭉클합니다. 그 의도는 참 고맙습니다. 그런데 격주로 서울과 대구를 왕복하는 일은 선묘화에게 매우 어려운 일일 거요, 또 내가 아직 건강하니 그렇게까지 신경을 쓰지 않아도 될 것 같습니다. 언제인가 나는 공인이 되겠지요. 아직은 공인도 아니고 나를 찾아오는 사람도 많지 않으니 이렇게까지 신경은 쓰지 않아도 좋을 것 같아요. 나는 일평생 남에게 별다른 폐를 끼치지 않고 살아왔는데 보살님이 이렇게 물심양면으로 신경을 써주시니 참 고맙기는 하여도 보살님께 폐가 되는 듯하여 반가운 것 반, 미안한 마음 반이네요."

장 교수가 밀로는 비록 고맙다, 뭉클하다 하였지만, 어쩐지 그 말이 그녀에게 하나도 고맙게 들리지가 않았다. 미흡했다.

"선생님께서 남에게 폐를 끼치지 않고 사셨다 하시니 그것은 사람으로서 너무나 당연한 도리를 말씀하신 것입니다. 그러나 지금 선생님과 저 사이에 남에게 폐를 끼치지 않는다는 표현은 바람직하지 않다고 생각합니다. 제가 어디 남인가요. 남이 아니고 저는 선생님의 아내가 아닌가요. 아내가 자신의 할 도리를 하는 것을 보고 폐를 끼치다니요."

"그렇게 들으셨다면 죄송합니다. 그러나 이 말씀은 꼭 이해해 주시기 바랍니다. 남에게 폐를 끼치지 않는다는 것은 내 삶의 철학을 말했을 뿐이고, 남과 안식구를 동등하게 생각한다는 말의 뜻은 아니니 오해하지는 마세요."

"선생님께서 그런 뜻으로 말씀하셨다면 이해하겠습니다만 어쩐지 석연치 않군요. 선생님은 너무 오래도록 수도 생활을 한 분이시어서 그런지 보통 사람들의 사고방식과는 다르고, 쓰시는 용어 역시 이해하기 어려운 것이 많아요. 제가 잘못 생각했는지 모르지만 한 식구요 아내라면 여보, 당신, 정답고 살가운 호칭이 많은데 어찌 보살님, 보살님, 하시면서 깍듯한 존칭을 쓰세요? 좀 더 다정한 표현을 써 주시면 어떨까요?"

사랑받는 아내이기를 바라는 그녀의 말에 가시가 돋쳤다. 그것은 아마도 집 건축 기간이 예상보다 길었다는 점, 모자라는 돈을 마련하느라 동분서주했다는 점, 그리고 긴 공사 기간 동안 직접 공사를 감독하며 거친 일꾼들과 상대하면서, 장 교수와 가끔 의견 차이가 발생해 충돌하였다는 점 때문이 아닐까. 장 교수는 그렇게 헤아렸다.

"보살님이라는 호칭이 듣기 거북하시다면 그런 호칭은 빼겠습니다. 그런데 혼자 산지 오래되어서 그런지 습관을 바꾸기가 쉽지 않군요. 앞으로는 좀 더 친밀하고 다정한 표현으로 바꾸도록 노력하겠습니다."

"부탁입니다만 꼭 좀 다정한 표현을 써주세요. 선생님보다 제 나이가 한참 아래이니, 호칭을 비롯한 모든 언어를 엄숙하지 않은, 정다운 말로 해주시면 감사하겠어요."

이때였다. 그녀의 머릿속에 수도자와 함께하는 삶, 결혼 생활이란 참 간단하지 않겠구나, 하는 우려가 번개처럼 스쳐 지나갔다.

그녀가 집 살림을 정리해놓고 대구로 귀향 후, 두 주일이 지나갔다. 선생님을 향한 서운한 생각이 언제 그랬더냐 하고 사라진 그녀는 그립고 반가운 마음으로 다시 양주 집으로 오게 되었다.

"제 생각은 결혼을 하고 시집을 왔다면, 응당 시집 식구들에게 인사를 해야 도리에 맞을 것 같습니다. 적당한 때 시댁 식구들을 우리의 '기쁨이 가득한 집'으로 초대해서 식사를 대접하려고 하는데요, 만약에 누님들이 오신다면 요리사 등 모든 준비는 다 제가 하겠습니다."

그녀는 마음속으로 생각해온 계획을 말했다. 얼마나 사랑스러운 제안인가. 결혼을 했으니 그녀는 오롯이 장 교수의 아내가 되고 싶었고, 가족의 일원으로 지내고 싶었다. 장 교수는 이번에도 별로 반가워하지 않아 그녀의 기대가 어긋났다. 사람들은 결혼을 하고 또 새로 집을 짓거나, 살던 곳에서 이사를 하게 되면 일가친척과 지인들을 초대하여 축하파티, 집들이 잔치를 하는 것이 상식이었다. 누구나 거쳐 가야 하는 삶의 공식으로 알고 살아온 그녀에게 장 교수의 애매한 태도는 납득하기 곤란했다. 장 교수가 말했다.

"아 친구들이라면 혹 몰라도 누님들은……"
장 교수는 말을 잇지 않고 중간에 끊었다. 시집 식구들, 누님들을 초대하자는 그녀의 제안에 확답은 고사하고 달갑지 않게 여기는 눈치였다.

"아니 친구들은 몰라도 누님들은 이라니요? 선생님에게 가
장 소중한 사람이 친구보다 피를 나눈 형제자매가 아니겠어
요? 지금 말씀하시는 것을 들어보면 형제자매를 친구보다 못
하게 생각하는 것 같으시네요. 누님들과 전화도 자주 하지 않
으시나요?"

새로 지은 아름다운 집에 시집 가족을 모시자는 문제로 그
녀는 장 교수와 설전을 벌이는 양상이었다. 〈기쁨이 가득한
집〉에서 이렇듯 불편한 상황이 발생하리라고 그녀는 예상하
지 못했다.

"참 미안해요. 선묘화가 나보다도 더 우리 형제들을 살뜰
하게 생각해 주니 고마워요. 그런데 친구들이라면 몰라도 누
님들은… 이라고 말한 데에는 나만의 이유가 있어요. 세상 통
념으로 보면 형제자매는 천륜이요 친구보다 가깝다 할 수 있
지요. 내가 금강경 강의에서도 수차 설명했을 겁니다. 오랫
동안 수도생활을 하다 보니 가족은 천륜이 아니라는 것을 분
명히 깨달았어요. 친구도 뜻만 잘 맞으면 천륜을 뛰어넘을 수
있는 소중한 존재가 될 수 있다고 생각한 것입니다. 어렸을
때는 물론 부모 형제들은 천륜이고 불가분의 관계라 생각했

지요. 그러나 도인을 모시고 금강경을 공부하면서부터 전생이란 것이 분명히 존재하고, 또 이 몸이 죽으면 내생도 존재한다고 알게 되었습니다. 사람들과의 친소나 애증이란 알고 보면 모두 전생에 지은 업대로, 마음에 그린대로 된다는 것도 알게 되었습니다. 지은 업대로 결과를 받게 되는 것이고, 마음에 그린대로 세상이 이루어지는 것이라면 천륜이란 것은 따로 존재하지 않음을 알게 되었던 것이죠.

내가 우리 누님들에게 어떤 잘못을 했는지도 모르지만, 누님들도 나를 대하는 태도가 남보다 훨씬 못한 것 같아요. 내가 상락아정연구소를 설립하고 무료급식한 지 10년이 넘었는데, 도반들은 물론 친하지 않은 친구도 다 조금씩 성금을 냅니다. 우리 누님들은 단돈 한 푼도 성금을 내지 않은 것이에요. 이런 사실은 누구 탓이라고 하기보다 그들에 대한 내 태도에 문제 있을 것이라고 생각했지요. 그러나 주위 사람들에게는 조금 부끄러웠어요. 나는 이런 사실을 슬퍼하지 아니합니다. 모두 인과응보의 결과이기 때문이니까요."

그녀는 장 교수가 혹 고향에서 배척받은 예수의 상황을 설명하고 계시는 것이 아닐까, 하는 생각이 들었다. 성경 마태복음, 마가복음에는 예수께서 40일 금식 기도 후에 고향 나사렛으로 가신 일을 기록하고 있다. 제자들이 예수의 뒤를 따랐다.

안식일이 되어 회당에서 가르치시니, 많은 사람들이 듣고 놀라 이르시되, 이 사람이 어디서 이런 것을 얻었느냐. 이 사람이 받은 지혜와 그 손으로 이루어지는 이런 권능이 어찌 됨이냐? 이 사람이 마리아의 아들 목수가 아니냐. 야고보와 요셉과 유다와 시몬의 형제가 아니냐. 그 누이들이 우리와 함께 여기 있지 아니하냐 하고 예수를 배척한지라. 예수께서 이르시되 선지자가 자기 고향과 자기 친척과 자기 집 외에서는 존경을 받지 못함이 없느니라 하시며 아무 권능도 행하실 수 없어 다만 소수의 병자에게 안수하여 고치실 뿐이었고, 그들이 믿지 않음을 이상히 여기셨다.

예수님의 고향 사람들은 그를 목수의 아들이라며 폄하하고 예수님을 받아들이지 않았다. 예수님을 가장 잘 안다는 그들의 선입견이 예수님의 참모습을 볼 수 없게 만들었다. 그들에게는 40일 단식 후, 새로운 권능과 기적을 행하는 예수님을 보는 눈이 없었다. 하느님 나라를 선포하고, 기쁜 소식을 전하는 예수님, 많은 기적과 새로운 가르침으로 감동을 주는 예수님을 배척했다. 예수님께서는 '인자仁者는 고향에서 환영받지 못한다'라고 말씀하셨다. 예수님의 고향 사람들이 귀가 있어도 듣지 못하고 눈이 있어도 보지 못하므로 하느님의 아들을 받아들이지 않은 것이다.

장 교수는 낳을 때 본시 사인私人이 아닌 공인소人으로 태어난 때문일까. 그렇다면 피는 물보다 진하다는 말은 무엇을 뜻하는 것인가. 그녀는 점점 의아스러웠다.

"그러면 형제들이 모두 업보라면 정도 없고 미움도 없단 말인가요? 그래서 남과 하나도 다르지 않단 말인가요?"

"아니 그렇지는 않아요. 나의 스승님께서는 자신의 주위 사람들에게 인색하게 보인다면 그들을 인색하다 하지 말고 내 마음의 인색이 그들을 그렇게 보게 하는 것이다, 라고 말씀하셨거든요. 결론적으로 말한다면 내 마음이 문제이지요. 그래서 누님들이 나에게 그렇게 대하더라도 나는 그러지 말자, 생각하고 도리어 누님들에게 더 잘하려고 노력하였어요. 그런데 선묘화가 물으니 나도 모르게 잠재된 나의 섭섭한 감정이 발동되었나 보네요. 선묘화가 좋은 마음을 내주시니 이번 기회에, 집도 구경시켜 드리고 소원했던 감정도 푸는 것이 좋을 것 같아요."

결국 서로 의견을 나누는 가운데 시댁 가족 초청 계획은 이루어지게 되었다.

형제자매가 없는 선묘화에게 형제자매가 있는 사람은 늘 부러움의 대상이었고, 동경의 대상이었다. 장 교수 같은 인격자라면 당연히 그 형제자매도 인격자일 것 같았다.

그녀는 정성을 다해 그들을 위해 음식을 장만하고 기대감으로 그날을 기다렸다. 드디어 장 교수의 누님 두 분과 여동생, 이종사촌 형, 부산에서 올라온 외사촌 자매들이 〈기쁨이 가득한 집〉에 모여 앉았다. 애석하게도 어렵게 이루어진 누님들과의 첫 만남은 그녀에게 실망 그 자체였다. 특히 누님 두 분은 초면인 올케에게 동생인 장 교수의 흉을 보았다.

"올케! 이리 와 봐요, 이렇게 거대한 집을 마련해주니 너무 고마워요. 우리 동생은 부모님 복은 많다고 할 수 없어도, 역시 복이 많아요. 그런데 동생은 둘째 누님 복도 퍽 많거든. 동생을 도와주던 둘째 누님이 돌아가시니 이렇게 올케가 도와주네. 그렇지만 그동안 여기 동생이 집칸이나마 지니고 살았던 것은 다 자신의 힘으로 번 돈이 아니야. 돌아간 둘째 누님이 도와준 결과야. 사람들은 동생이 자선사업가다, 훌륭하다, 하지만 그 배경에는 둘째 누님의 은덕이 있다는 것을 잊어서는 안 돼."

그녀로서는 듣기 거북한 말이었다. 설사 사실이 그렇더라도 좋은 자리에서 처음 만나는 그녀에게 그런 이야기는 좀 과한 것이 아닌가 싶어 그녀는 어처구니가 없었다.

"선생님도 삼십 년이나 교수 생활을 하셨다던데 집을 사고 연구소를 짓는데 어찌 하나의 기여도 없단 말인가요?"

집들이하는 축제 마당에 누님으로서 그런 이야기가 꼭 필요할까 싶은 그녀는 누님의 말에 항의 비슷한 감정이 솟구치고 있었다.

"기여가 아예 없다고는 할 수 없겠지만 본인의 기여보다 둘째 누님의 공로가 훨씬 더 커요. 고양시에 있는 상락아정연구소도 둘째 누님의 공로가 없으면 아마 짓지 못했을 거야."

그녀는 들으면 들을수록 참으로 기가 막혔다. 선생님의 누님이라면 이런 자리에서 어렸을 적 고향 이야기, 그들의 결혼과 집 건축에 대한 축하의 말이 더 적합한 것 아닌가. 좋은 말을 해도 모자랄 판에 처음 대하는 손아래 올케에게 이건 예의가 아니었다.

장 교수가 세상에 자선사업가로 알려진 것은, 본인의 노력 때문이 아니다. 고양의 상락아정연구소도 누님 덕분에 세운

제2부   157

것이다, 라는 사실을 초면의 올케 앞에서 거침없이 이야기하는 것에 대해서 그녀는 분노가 치밀었다. 형제자매는 천륜이 아니라 업보라는 선생님의 말에 새삼 동감할 수 있었다. 장 교수가 형제자매보다 친구들을 먼저 부르려 한 뜻도 그녀는 헤아릴 수 있을 것 같았다.

그녀는 문득 예수가 그의 나고 자란 고향 나사렛에 가서 홀대받았다는 이야기가 기억났다. 치열한 40일 간의 금식기도를 하여 새로운 가르침, 병자를 고치는 권능과 불가사의한 기적을 베푸는 예수님을 고향 사람들은 단순히 예전의 미천한 목수의 아들로만 본 것일까. 수많은 제자를 거느리고 모든 사람들에게 사랑받고 존경받는 예수가 아닌가.

어쩌면 장 교수 역시 부모, 처자의 복이 없고 심지어는 형제들의 복조차 없는가? 능력이 탁월해서인가? 그녀는 생각하면 할수록 장 교수의 처지가 한없이 딱하게 여겨졌다. 그런데 그런 생각은 잠시, 또 이상한 생각이 떠오르며 그녀는 마음이 어두워졌다.

우리나라 속담에 '아니 땐 굴뚝에 연기 날까'라는 말이 있다. 그녀는 가장 가까운 누님들이 한 말이 어느 정도는 사실이 아닐까. 겉으로만 착한 척하면서 실제로는 착하지 않은 사람이 세상에는 얼마나 많은가. 가정에 문제가 있는 많은 사람들은 대개 남에게는 잘하고 가족에게는 잘못한다고 그녀는 들어 알고 있었다. 장 교수는 그럼 문제가 있는 사람인가? 연구소 회원들에게는 잘 대해주고 가까운 형제자매에게는 냉정하게 대했던 것은 아닐까. 부정적인 생각이 꼬리를 물고 일어나 그녀는 정신이 어지러웠다.

장 교수가 그녀에게 다가왔다.

"선묘화! 오늘 〈기쁨이 가득한 집〉에 가족들을 초대해서 식사 대접하느라 수고 많았어요. 정말 애썼어요. 누님들은 의례 남의 칭찬을 잘 못하시는 분들이지만, 이종사촌 형, 그리고 부산서 온 외사촌 형 그리고 외사촌 동생은 아주 기뻐해요. 특히 이종사촌 큰 형은 '장 교수! 팔순을 바라보는 늙은 나이에 저렇게 예쁜 사람이 돈을 잔뜩 싸가지고 왔으니 참 복도 많네. 장 교수가 수년 전부터 무료급식을 하고 선행을 많이 한다고 소문을 들었어요. 옛말에도 적선지가 필유여경積善之家必有餘慶이라고 했지 않은가. 옛말이 하나도 그르지 않네. 장 교수 말년 복이 참 넉넉해서 좋아. 진심으로 축하하오.' 하시기에 내 마음은 무척 흐뭇했어요."

장 교수는 사촌 형제들의 칭찬에 기분이 고양돼 있는 듯했다. 그래서 선묘화가 마음 상하고 우울해하는 것을 전혀 눈치채지 못한 것 같았다.

"그런가요? 다행이군요. 그런데 이제는 약속하신 대로 마지막 남은 연구소 회원들, 선생님의 제자들을 초대할 차례입니다. 그들을 언제 초대하실 건가요?"

선묘화는 장 교수의 치하의 말에 건성으로 대답하고 다음할 일을 이야기했다.

"좀 기다려 봅시다. 본래 초대라 하는 것은 이 집을 방문하여 진심으로 축하해 줄 사람을 초대하는 것이요. 그런데 연구소 회원들 중에 우리의 결혼을 진심으로 축하해 줄 사람이 얼마나 있는지 모르겠소."

장 교수의 대답은 엉뚱했다. 부르지 않아도 당연히 축하하러 오는 게 정상 아닌가. 그의 휘하에 있는 제자들, 회원들에 대해서 어찌 자신감 없는 말씀을 하시는지? 그녀는 아연했다.

"이 집을 지을 때, 집을 다 짓고 나면 연구소 회원들을 초대하겠다 말씀하시지 않았어요? 그런데 지금은 축하해 줄 사람이 있으면 초대한다 하시는 것은 말씀을 바꾸는 듯해요. 어찌 말씀을 바꾸시나요?"

"말을 바꾸는 것이 아니에요. 먼젓번에 회원들을 부른다고 할 때와 지금의 상황이 약간 바뀌었기 때문이에요. 상황이 바뀌었다면 상황 좋아질 때까지 좀 기다리자는 것뿐이에요."

그녀는 장 교수의 말에 마음속에 다시 회의가 몰려왔다.

집들이를 하는데 연속해서 다른 손님을 초대해야 한다는 법은 없지만, 일이란 할 때 내처 마무리를 해야 하는 것이 아닌가.

"상황이 언제 좋아지는데요? 좋아질 때가 언제인지 알 수 없다면 마냥 기다려야 하는 것인가요?"

그녀의 질문이 자신도 모르게 다소 껄끄럽게 입술을 뚫고 나왔다.

"그런데 선묘화! 어째서 회원들을 우리집에 초대하는 데에 그렇게 목을 매시오? 회원들의 분위기는 누구보다 내가 잘 알아요. 때가 되면 초대할 것이니 그리 성급하게 초대할 생각은 하지 마세요."

장 교수는 초대가 급한 게 아니라고 한다. 회원들 분위기가 지금은 때가 아니니 성급해 하지 말아라. 그녀는 그 말에 그만 울컥! 하고 가슴속에서 화가 치미는 것을 의식했다.

그녀는 석연치 않은 기분으로 〈기쁨이 가득한 집〉을 떠나와야 했다. 어떤 의구심이 머리에서 떠나지 않음을 느꼈다. 혹시 수많은 연구소 여자 회원들이 선생님의 결혼을 알고 실망할 것이 두려워 그들에게 그 사실을 알리는 것이 싫으신가. 바로 그런 의구심이었다.

제

3부

천당에서 지옥으로

　장 교수에 대한 의구심 때문인가. 선묘화는 격주마다 행하던 상경을 이번에는 한 달이 지나서야 이루게 되었다. 즐겁게 오고 싶은 것은 물론 아니었다. 양주의 〈기쁨이 가득한 집〉 정원에 소나무 세 그루를 새로 심고, 연못을 보수한다는 부탁이 있어 온 것이었다. 집 짓는 일, 나무 심는 일 등은 오랫동안 그녀가 해온 일이었다. 장 교수 혼자서는 할 수 없다는 것을 알고 있었다.

　그녀는 전에 조경업에 종사했으므로, 좋은 소나무를 선택하고 적절한 가격으로 골라 알맞은 장소에 심는 것을 연구하고 실행했다. 그녀는 물이 새는 연못을 새로 만들기 위해 근처 조경원을 샅샅이 뒤져 연못을 만드는 사람을 물색했다. 소나무를 옮겨심기 위해서는 대형 크레인이 필요했고 포크레인이 필요했다.

연못 공사 등, 일하는 사람 5명도 필요했다. 대구라면 일꾼을 쉽게 구할 수 있을 텐데 일하는 장소가 서울 근교가 되어서 부득이 그녀는 장 교수에게 부탁하지 않을 수 없었다. 성격이 괄괄한 선묘화는 그 마음 밭이 한없이 넓은 것일까. 착하고 착한 것일까. 남자들도 많은데 그녀가 굳이 대소 공사에 앞장서야만 할까.

"물론 대형 크레인과 포크레인 일하는 사람 다섯을 구하는 것은 어렵지 않아요. 내가 직접 하는 것이 아니라 연구소 사람에게 부탁하면 되니까요. 그런데 한 가지 난처한 부탁이 있어요."

"무엇인데요?"

"공사 마지막 날, 일하는 다섯 사람을 알선한 연구소의 남종수 소장이 올 것이 틀림없는데 그 시간에 선묘화가 잠깐 자리를 피해 주겠어요?"

"아니 자리를 피하다니요? 남 소장은 나도 잘 알지만 혹시 저와 선생님이 결혼한 사이임을 아는 것이 두려워서 날더러 피하라 그러시는 것이 아닌가요? 왜 선생님은 연구소 사람들에게 나와의 결혼을 계속 숨기려 하시는 것이에요? 무슨 이유로 감추시는 거죠?"

그녀의 말에는 어느 때보다 날이 서 있었다. 그동안 장 교수가 그녀와의 결혼 사실을 알리는 것을 싫어한다고 생각했고, 이를 참아왔던 불쾌감이 폭발한 것이다. 장 교수도 전에 못 보던 언짢은 낯빛이 되었다.

"두려워 숨기다니요, 내가 선묘화와 결혼하고서도 그것을 숨겨 다른 이익을 보려는 비열한 사람인가요? 단지 남 소장은 얼마 전 당신과 내가 결혼한 사실을 모르고 선묘화에 대해 불평을 하길래, 그때 '선묘화는 나와 결혼한 사람이다. 불평하지 말라.' 이렇게 말하지 못했어요. 그런데 그 사람이 지금 우리 집에 와서 선묘화가 안주인인 것을 알게 된다면 나를 어떻게 보겠소. 지금 전화로 남 소장에게 결혼의 전말을 말할 수도 있어요. 하지만 우리의 결혼은 일반인들의 결혼과는 동일하지 않잖아요. 우리 사이에는 얼마나 아름다운 비하인드 스토리가 많이 있습니까. 내 뜻은 자세한 사연을 토로하지 않고서는 선묘화를 대면시키지 못하겠다는 것이니 좀 이해를 해주시오."

그 순간, 그녀는 소리쳤다.
"이보세요, 선생님! 나 좀 보세요!"
가슴속에 묻혀 있던 서운한 감정이 한꺼번에 폭발한 것이다. 그녀는 이전의 건설 현상에서 노가다 일꾼들을 제압하는 사장의 모습으로 변했고, 그녀의 눈빛은 남성을 제압하는 측천무후의 눈빛으로 바뀌었다. 그렇듯 그녀의 마음이 꼬인 것은 장 교수가 연구소 사람들에게 그녀와의 결혼을 숨기려는 것 같은 느낌 때문이었다. 그것은 그녀가 알던 장 교수답지 않은 지극히 비신사적인 모습이었다.

"좀 이해하라니요. 나는 도저히 이해할 수 없어요. 지금 당장이라도 남 소장에게 나와의 결혼을 알리란 말이에요."

"이해해 달라는 내 부탁이 무어 그리 듣기 힘들다고 당장 그에게 결혼 사실을 알리라 하시오? 그런 무례한 말을 하지 마세요. 학생 때부터 나는 누구 못지않게 정직하게 살려고 노력했던 사람이요. 내가 어찌 가장 아끼는 선묘화에게 차일피일 미루는 등, 거짓말을 했다는 말이요. 다 절차와 사정이 있는 법이오.

선묘화와 나의 결혼은 다른 사람들과 같은 보통 결혼이 아니라는 것을 잘 알지 않소. 선묘화가 나를 만나기 위하여 얼마나 많은 정성을 쏟아왔소. 수많은 돈, 수많은 시간, 애끓는 정성, 노가다들과의 싸움은 또 얼마나 많이 해왔소. 특히 내가 잊을 수 없는 것은 다리 골절에도 무릅쓰고, 아픈 티를 내지 않고 과감하게 공사를 진두지휘 하던 모습이오. 그런 무서운 열정과 정성으로 무난히 양주의 〈기쁨이 가득한 집〉을 집을 완성한 것이 아닌가요. 내가 이런 일을 마음에 두고, 선묘화를 논개처럼 천하의 열녀라 하지 않았겠소.

생각해 보시오. 그런 뒷이야기를 전혀 하지 않고 나와 선묘화가 결혼했다고 말한다면, 사람들은 수도한다는 노인들끼리 늦바람이 났구먼, 하고 가볍게 생각할 것이오. 선묘화도 우리 누님의 경우를 보아 잘 알겠지만 내가 그렇게 선묘화의 아름다운 마음을 누누이 강조했어도, 칭찬하며 위로해주기는커녕 선묘화에게 나의 흉만 보는 것을 잘 알지 않았소. 사람들에게 단순히 결혼한 사실만 알린다면 그 결과는 뻔해요. 우리 누님들이 비웃는 것과 대동소이하다는 말이오."

선묘화가 듣고 보니 장 교수의 그 말도 공감이 갔다. 그러나 그 정도로는 미진하고 부족했다. 그녀의 마음은 여전히 개운하지 않았다.

"그렇게 말씀하신다면, 남 소장 이야기는 이제 더 하지 않겠습니다. 그러나 아직 제 마음이 석연치 않습니다. 기분 나쁘실지 몰라도 저 같으면 남 소장에게 이렇게 말할 거예요. '나 선묘화하고 결혼했어! 축하해 주라.' 더 무슨 말이 필요해요? 제가 이렇게 흥분하는 것은 단순히 남 소장 때문만은 아닙니다. 다른 이유가 너무나 많기 때문입니다.”

선묘화는 그동안 쌓인 게 많은 것 같았다. 장 교수는 무슨 말로 그녀를 위로할지 아무런 생각도 떠오르지 않고 멍했다. 그녀가 조목조목 따지고 덤비는 데 맞설 재간이 없었다. 장 교수는 소위 한 사람의 수도자로서, 그의 아내가 된 여인의 섭섭한 마음을 위로하고 다스리기에는 역부족이었다.

“선생님과 저는 말만 결혼이었지 실로 결혼한 흔적이 그 무엇 한 가지라도 있습니까? 집을 짓느라 빚을 얻어대고, 서방님 잘 섬기려 좋아하는 음식을 준비해서 수백 리 먼 길을 찾아오면 언제 한 번 따뜻하게 ‘오느라고 참 수고했어요’라고 말 한마디 하셨습니까. 그리고 포옹까지는 못하더라도 어디 손 한번 따뜻하게 잡아주셨습니까. 부부라 하여 한 침대에서 잔다고는 하지만 어디 단 한 번이나 따뜻한 스킨쉽 한 번 제대로 해주셨습니까.

선생님은 툭하면 ‘나는 늘 부처님 시봉하는 사람이다. 비록 물질적이나 육체적으로 당신을 만족시키시 못하지만 정신적으로만은 매우 사랑한다’ 하셨습니다. 참아 달라, 이해해 달라, 말씀하시는데 이해한다 해도 한도가 있지요. 이해할 수 없도록 해 놓으시고 이해만 하라니 말이 되나요? 저는 학교도 제대로 못 다녔고 부처님 공부도 제대로 못 했으니 선생님 같이 차원 높은 도인의 경지를 제가 어찌 알겠어요. 처음에는 억지로 참았어요. 양주에 올 때마다 제가 얼마나 마음 졸이면서 올라오는 줄 아세요?"

선묘화의 마음은 갈기갈기 찢어지는 것 같았다. 말을 하기 전보다 말을 하고 나서 불행한 느낌은 더한층 깊어졌다.

"선묘화! 너무 오해가 심한 듯하군요. 그대는 나의 진심을 너무나 몰라주는군요. 먼 길을 달려온 선묘화가 어찌 반갑지 않겠소. 마음으로는 무척 반갑지만 그 반가운 마음을 부처님께 바치는 금강경 수행이 몸에 밴 탓일 겁니다. 속으로는 고맙고 반가워도 그 마음을 표현하지 못하는 것을 양해해 주기 바래요."

그녀는 더 말하고 싶지 않았다. 양해, 이해, 기다림의 강물이 그녀 앞에 도도히 흘러가고 있었다. 그칠 줄 모르는 푸르디 푸른, 가없는 인내와 시련의 물줄기였다.

"좋습니다. 선생님의 말씀 그대로 받아들이겠습니다. 그런데 이왕 말이 나왔으니 또 한마디 하겠습니다. 그래도 되나요?"

선묘화는 나이 어려서부터 험한 세파를 겪으며 살아온 탓인지, 타고난 본래 성품인지 매사 직선적이고 대담했다. 혼자서 속만 끓이는 나약한 여성상은 결코 아니었다. 궁금한 것, 모르는 것이 있으면 즉각 그에 대한 답을 구하는 호쾌한 성격이었다.

"물론, 좋아요. 얼마든지 이야기하세요."

장 교수가 무겁게 입을 열었다. 돌아보면 그 자신도 선묘화에게 미안하고 고마운 일이 너무나도 많은 셈이었다. 그녀의 말이라면 무엇이든지 다 수용하고 기꺼이 들어주고 싶은 심정이었다.

"선생님이 여자 회원들과 종종 극장에 가신 것을 저는 잘 알고 있습니다. 혼자 계실 때라면 여자 회원들과 극장을 가실 수도 있겠지요. 그런데 선생님은 이제 혼자가 아니라는 거에요. 극장에 가실 때는 이미 저와 혼인 약속을 해 놓으신 사이에요. 장래 결혼을 약속한 사람이 있다면 여자 회원들이 설사 극장을 가자고 해도 못 간다 하시고 그런 행위를 삼가야죠. 그런데, 제가 알기로는 몇 번 여자 회원들과 극장을 가셨어요. 극장을 가신 것까지는 좋은데 그런 사실을 저에게 말씀하지 않았습니다. 저는 우연히 함께 극장에 간 남자 회원 홍 씨와의 통화를 통해 그 사실을 알게 되었어요. 저는 선생님이 그렇게 솔직하지 못한 사람인 줄 정말 몰랐어요."

장 교수가 억울한 마음을 억누르는 듯, 그러나 침착한 모습을 잃지 않으면서 말을 이었다.

"전에 금강경 공부하는 사람이 보아도 좋은 영화가 있을 때에는 가끔 영화관에 간 적이 있어요. 그런 습관 따라 영화관에 간 것뿐이에요. 설사 여자 회원들과 영화관에 갔다 하여도 그것은 선묘화에 대해서 조금도 미안한 생각이 없어요. 왜냐하면 내 마음에 조금도 부끄럽다, 죄지었다는 생각이 없으니까요. 물론 나는 선묘화의 고지식한 마음, 그리고 순수한 마음이 영화관에 간 일까지 민감하게 받아들였다는 사실을 수긍하면서도 조금은 아쉽게 생각해요. 세상은 절간같이 그렇게 단순하지 않고 또 남자가 하는 일에 여자가 일일이 참견하지 않는 것이 좋은 것 같아요."

그녀는 다시 놀라지 않을 수가 없었다. 장 교수가 '여자 회원들과 영화관에 간 일을 남자의 하는 일로 간주하는 것, 남자가 하는 일을 여자가 일일이 참견하지 않는 게 좋다'는 그 말 때문이었다. 이는 유교 봉건주의 시대의 남존여비 사상이

농후한 발언이 아닌가. 문제의 핵심은 영화관에 간 사실보다 그 사실을 그녀에게 말하지 않았다는 데 있는 것 아닌가. 그녀가 다시 말을 이었다.

"물론 선생님의 심정은 이해합니다. 선생님은 여성 회원들과 영화관에 간다 해서 별다른 생각을 하실 분은 아닐 것으로 압니다. 그러나 여성 회원들의 마음은 선생님 마음 같지 아니할 것입니다. 선생님이 비록 나이가 많지만 자비롭고 겸손한 모습을 보고 제 마음에 끌리듯, 여성 회원들 중 아직 선생님이 독신인 줄 아는 사람들은 연모의 마음으로 극장으로 유도할 수도 있는 것 아닐까요. 제가 회원들에게 선생님과 저와의 결혼 사실을 알리려 하는 것은, 그 여성 회원들이 오직 공부에만 전념할 뿐, 선생님에 대해 별다른 생각을 내지 말라는 뜻이 담겨 있는 것입니다.

선생님이 존경한다는 변정식 선생님 같으신 분이라면 여성 회원들이 함께 극장 가자고 하였을 때, 부처님같이 부인의 심경을 먼저 헤아렸을 것이에요. 조금이나마 미안한 생각이 들면 집에 전화해서 여자 회원들이 영화관 가자고 하는데 당신은 양해해주시겠어요? 하고 물어보실 것입니다. 저는 그렇게 생각합니다. 그러니 제 입장도 생각해 주세요. 저는 일편단심으로 선생님만을 사모해요. 만약 남사 직원들이 영화관에 가자 한다면 저는 당장 거절을 하겠어요."

선묘화는 언제부터인가 웅변가가 되어있었다. 말 한마디 한마디가 이론이 정연하고 빈틈이라고는 찾아볼 수가 없을 지경이었다. 그녀는 우수한 이론가에 더하여 달변이었다. 당연히 그것은 장 교수를 극진히 사랑하는 마음에서 연유한 것이었다.

"선묘화여! 어찌 그리 논리적으로 말씀을 잘하시오. 선묘화 말씀이 모두 옳은 것 같아요. 그리고 변정식 선생은 선묘화보다 내가 오래 자주 만났는데 오히려 나보다 잘 알고 있는 것 같군요. 내 선묘화의 말 그대로 따르고 앞으로는 여자 회원들과 극장가는 일은 없도록 할 것입니다."

노부부 사랑싸움 같은 정황이었다. 이 경우 선묘화는 당당했고 장 교수에게서는 그녀에 대한 자상하고 속 깊은 애정이 엿보였다. 장 교수는 선묘화의 명석하면서도 사리가 분명한 항변에 승복하지 않을 수 없었다.

"선생님! 감사합니다. 제 뜻에 맞게 시원하게 말씀하여 주셨습니다. 그러나 또 한 가지 말씀드리고 싶은데 이야기해도 괜찮겠습니까?"

선묘화가 다시 할 말이 있다고 했다.

"좋습니다."

"남종수 소장은 참 몰지각한 사람이에요. 제가 연구소에 들를 때마다 마치 자기가 선생님의 최측근 비서라도 되는 듯이 나에게 함부로 대하는 거예요. 최근까지 나에게 버릇없이 대한 것을 생각하면 따귀라도 몇 대 때리고 싶은 심정이라고요. 만일 남 소장이 선생님과 제가 결혼한 사이라고 알았다면 그렇게 버릇없이 놀지는 않았을 것 같아요. 앞으로도 선생님이 남 소장을 가까이 한다면 나와의 사이는 점점 더 멀어질 것을 염두에 두셔야 해요."

선묘화는 하고 싶은 말을 가슴에 묻어두거나 미련스럽게 참는 여인이 아니었다. 그때마다 분명하게 마음을 전달했고 원하는 답변을 끌어내기 위해 애쓰는, 성격이 팔팔하면서도 귀여운 구석이 있는 여인이었다.

"남 소장과 가까이 지낸다면 이혼도 불사하겠다는 말인가요?"

"무슨 이혼 소리를 그리 쉽게 하세요? 남 소장과 너무 가까이 지내지 말라는 말씀입니다."

장 교수의 낯빛이 갑자기 흐려졌다. 결혼이 이래서 어렵구나 하는 표정이 그 얼굴에 확연히 드러났다.

선묘화는 나무 심고 연못 파는 일을 마치고 곧 대구로 돌아왔다. 팔공산 기슭의 황토 주택에서 바라보는 풍경은 양주에서 우울했던 그녀의 마음을 위로해주었다. 서서히 마음에 평화가 찾아오는 것 같았다.

아! 목련꽃!

그때 그녀는 정원의 목련나무가 새로운 모습으로 눈에 들어왔다. 그녀는 목련꽃의 낙화를 바라보며 그녀 자신의 신세와 목련꽃이 비슷하다고 느낀다.

　　　잎이 나오기 전에 꽃을 먼저 피워야 했다.
　　　사랑을 받아보기 전에 아픔을 먼저 받아야 했다.
　　　봄 내음 스며드는 아침의 향기도
　　　봄바람 무르익은 오후의 풍경도
　　　고운 살결에 멍드는 가슴을 헤아리지 못했다.
　　　회한으로 멍울진
　　　하얀 얼굴 겹겹이 감싸고
　　　툭툭 떨어지는 꽃봉오리
　　　바람도 잠시 숨을 멈추고
　　　달빛도 차마 눈을 감는다.
　　　함박눈처럼 내려앉는

꽃송이 아름다워서 더 슬픈 목련꽃.

눈처럼 통째로 떨어지는 목련꽃

목련꽃 질 때 내 아픔은 피어난다.

그녀의 슬픔을 아는 듯 모르는 듯 바람도 숨을 멈추고, 달빛도 눈을 감는 깊은 밤, 목련꽃은 살포시 지상으로 내려앉았다. 함박눈처럼!

헤어질 수도 없네

대구에서 그녀의 생활은 새벽 3시 반 기상하여 금강경 7독으로 시작된다. 장 교수를 만난 후부터 거의 하루도 빼놓지 않고 금강경을 독송해왔다. 경의 뜻은 잘 모르지만, 모르고 읽어도 공덕이 된다는 말씀을 믿었다. 경을 한 3년 읽으니 읽는 재미가 만만치 않았다.

금강경 제5분 범소유상凡所有相 개시허망皆是虛妄 약견제상若見諸相 비상非相 즉견여래則見如來라는 구절, 즉 각종 난제라고 생각되는 것이 실은 착각이요, 난제가 아니라는 장 교수의 가르침을 그녀 나름대로 풀이했다. 난제라는 생각을 착각으로 알아라. 그 생각을 부처님께 바쳐라. 난제는 난제가 아니다, 라는 말씀이었다.

이런 말씀이 어떤 위기가 닥쳐도 그녀에게 용기와 희망을 주었던가. 그래서일까. 우울할 때, 고독할 때, 그녀는 금강경을 7독한다. 마음에 평안이 찾아왔다. 양주에서 기분 나쁜 일이 있어도 금강경을 읽으면 말끔히 해소되곤 했다. 양주의 집에서 기분 나쁜 일이란 무엇인가.

그녀에게 가장 기분 나쁜 일은 장 교수가 이 핑계 저 핑계로 회원들을 양주의 〈기쁨이 가득한 집〉으로 초대하지 않는 것, 여자 회원들과 가끔 극장 나들이한다는 것, 아내인 그녀에게는 한번 놀러 가자고 요청하지 않는 것 등이다. 이런 일들은 견딜 수 없이 불쾌하고 괴로웠다. 때로는 이방인처럼 소외감도 들었다.

사람들의 주관이 다 다르다 하겠지만 장 교수는 새로 지은 집에 연구소 회원을 부르지 않는 것, 더 정확하게 말하면 그녀와의 혼인 사실을 회원들에게 공개하지 않는 것은 그녀에게는 여간 심각한 일이 아니었다. 목숨을 걸고라도 해결해야 할 일이라고 그녀는 생각한다.

장 교수가 선묘화와 결혼 사실을 알리지 않으려는 기미가 보일 때는 그 일이 해소될 때까지, 다시는 양주집에 가지 않으리라 그녀는 굳게 다짐을 한다. 그러다가도 금강경만 읽으면 그와 같은 마음은 은연중에 사라지고 만다.

혼자서 식사는 어떻게 해 드시는지, 80을 바라보는 노인이 설거지하기는 힘들지 않으신지, 그녀는 걱정이 되기도 했다.

양주에 가서 머물게 되면 또 언제 회원들을 우리 집에 초대하는가요? 하고 묻지 않을 수가 없다. 그녀는 만족할만한 대답을 듣지 못하면 불신과 증오의 마음으로 뒤범벅이 된다.

"그리 걱정하지 마시오, 곧 부르리다."
장 교수가 이렇게 흔쾌히 말해주면 아무런 문제가 없다.
"아직은 때가 아니요. 좀 기다리면 회원들이 선묘화의 진가를 알게 될 것이요. 그때쯤 내가 다 알아서 부르리다."
두리뭉실한 대답에 그녀는 매번 실망한다. 장 교수는 왜 회원을 집에 부르고 싶어 하는 그녀의 간절한 마음을 몰라주는 것일까. 선묘화의 소원만 들어준다면 모든 가정불화, 의견충돌은 일시에 소멸될 터인데…
그녀는 장 교수의 차일피일하는, 애매모호한 태도가 모든 가정불화의 근본 원인이라고 생각하지 않을 수 없었다.

일이 안 풀려 어려울 때마다 상담의 대상이 되었던 몇몇 사람들은 그녀에게 말한다. '그런 간단한 이유를 가지고 무엇 때문에 다투느냐? 별것 아니다'라는 것이다. 남들은 모른다. 그녀에게는 결혼 사실을 알리지 않는다는 것, 그것은 곧 그녀의 아킬레스건이었다. 그 문제로 장 교수와 언쟁이 붙게 되면 결코 해서는 안 될 이혼의 말까지 마구 쏟아내게 되는 것이다.

막말의 결과 몰려오는 괴로움은 이루 말할 수가 없다. 큰 소리가 나고 막말이 나올 때, 장 교수는 한발 물러서서 선묘화를 달래는 편이었다. 그녀의 분노가 훨훨 타올라도 그는 두루뭉술한 대답으로 간신이 화를 참았다. 그리고 '선묘화! 언제고 나를 잘 믿게 될 날이 올 것이요'라고 말했다.

다른 사건이 벌어졌다. 엎친 데 덮친 격이었다. 장 교수의 말이 가식이요 위선이라는 결정적 사실이 드러나게 된 것이다. 장 교수는 무료급식, 포교 활동 등, 각종 선행으로 적지 않은 상금과 함께, 광장문화상廣場文化賞을 수상했다. 장 교수는 그녀를 시상식 자리에 초대하지 않았는데 그 이유가 너무나 구차했다.

"이 광장문화상은 본래 그 상을 만든 지방의 U 대학에 내가 직접 가서 받게 되어 있었소. 왜냐하면 우리 연구소는 교통도 나쁘고 많은 사람들이 모이기에는 적당하지 않았기 때문이요. 그런데 U 대학 관계자가 이 상의 수상은 마땅히 수상자와 수상자를 축하할 장소인 상락아정연구소에서 거행해야 한다고 고집하기에 나는 마지못해 수락할 수밖에 없었소.

그런데 상락아정연구소에서 시상식을 거행할 경우, 여기

에 참석할 대부분의 사람들이 선묘화와 내가 결혼한 사실을 모르는 사람들이에요. 여러 사람들이 모인 자리에서 선묘화를 소개하지 않을 수 없는데, 그때 선묘화와 나는 결혼한 사이요, 라고 느닷없이 말하기가 곤란하다는 마음이 들었어요. 그래서 이번 시상식에 부득불 선묘화를 초대하기 어려웠어요. 양해해 주기 바래요."

선묘화는 다시 화가 폭발했다. 그동안 회원들에게 그녀와의 결혼 사실을 알리려 하지 않았던 이유는 장 교수 자신의 체면만을 지키려는 처사인 것으로 밝혀진 것이다. 그녀는 더이상 참을래야 참을 수가 없었다.

"양주에 집을 지은 다음부터 저를 대하는 선생님의 태도가 전과 같이 다정하지 않고, 저를 밀어내려는 것을 느껴왔습니다. 제가 어찌 그런 눈치를 못 채겠습니까. 이번 광장문화상 시상식 때도 저를 밀어내려는 일을 되풀이하셨군요. 선생님은 도대체 무엇 때문에 저와 결혼하신 겁니까? 좋은 집에 살기 위한 욕망으로 저를 이용하신 것인가요? 또는 선생님이 원하는 세계적 연구소를 짓는 데 활용하기 위하여 저를 필요로 하신 것인가요?

회원들에게는 본인의 체면이 깎이는 것만을 두려워할 뿐,

왜 저의 이 답답한 심정은 조금도 헤아려주지 못하시나요. 선생님의 행위는 노상 강조하시는 참된 인간의 길과는 너무 다르지 않나요? 토사구팽兔死狗烹[1]이라더니 집을 다 짓고 나니 저와 같은 사람은 더 이상 쓸모가 없다고 보신 것인가요? 제가 다 써먹고 쓸 데가 없으면 차버리는 그렇게 하찮은 여자로 보이세요? 감탄고토甘呑苦吐[2]라더니 만인의 존경을 받는 선생님의 인격은 겨우 그런 수준이었습니까? 자존심이 너무 상해 견딜 수 없네요. 지금 당장 죽어버리고 싶어요. 선생님 너무 비겁해요!"

그녀는 아예 전화를 끊어버렸다. 장 교수의 어떤 변명도 듣기 싫었다. 전화벨 소리가 연이어 울렸지만 선묘화는 끝내 전화를 받지 않았다.

그녀는 어쩔 수 없이 또다시 이혼을 생각하게 되었다. 이런 위선자와는 도저히 더 살 수 없다는 결론을 내렸다. 그녀가 그렇게 일구월심 여러 회원들에게 결혼 사실을 알리는 것을 간절히 원했고, 또 광장문화상 같은 영광된 자리에 그분의 부인으로 참석하고 싶은 것이 선묘화의 소망이었다. 그런 심

---

1 토사구팽(兔死狗烹): 토끼가 잡혀 죽으면 사냥개는 쓸모없게 되어 삶아 먹힌다는 뜻으로, 필요할 때는 쓰고 필요하지 않을 때는 야박하게 버리는 경우를 이르는 말.
2 감탄고토(甘呑苦吐): 달면 삼키고 쓰면 뱉는다는 말.

정을 장 교수가 모르지 않았을 터인데, 전혀 고려하지 않았다는 사실에 그녀는 선생님을 향하여 더 무엇을 기대하고 바라볼 게 없다고 느꼈다. 아내가 원하는 바를 깡그리 묵살하는 비인격자와는 도저히 같이 살아야 할 어떤 이유를 찾을 수가 없었다.

그녀는 집을 짓는데 많은 돈을 투자하고, 공사하는 과정에서 거친 인부들과 싸운 것은 오직 훌륭하신 선생님을 잘 모시려고 그랬던 것이었다. 그런 선묘화를 장 교수는 어떻게 이처럼 무참하게 짓밟을 수가 있단 말인가.

그동안 장 교수가 그녀를 위로하고 편안하게 대해주면서 들려준 달콤한 말들은 하나하나 모두가 거짓으로 느껴졌다. 속은 것도 분했지만, 그보다 그를 훌륭한 인격자로 오인한 그녀의 어리석음에도 깊은 자괴감을 느끼지 않을 수가 없었다.

그녀는 멸시 당했다는 생각에 하염없는 눈물이 흘러내렸다. 이처럼 홀로 괴로움을 느끼던 어느 날, 선묘화는 갑자기 위에 심한 통증을 느꼈다. 그녀는 평소에 다니던 내과 응급실로 달려가 각종 검사를 받았다.

'위'에 종양이 생겼다며, 의사가 사진을 보여주었다. 그녀는 의사의 설명을 듣는 동안, 장 교수에 대한 분노가 더욱 증폭되었다. 나에게 악성 종양을 만들어준 이중인격자! 선묘화의 분노는 기승을 부리는 들불처럼 훨훨 타올랐다. 장 교수에 대한 원망, 증오, 분노를 가누지 못하고 있을 때 전화가 왔다. 장 교수였다. 그녀의 불타는 마음을 헤아리기라도 한 듯이.

"선묘화, 그대가 그렇게 화내고 전화를 끊은 뒤 내가 얼마나 속상하고 괴로워했는지 아시오? 나는 전화를 탁! 끊은 선묘화를 탓하기보다 선묘화가 이처럼 괴로워하도록 방치한 내 잘못을 탓하였소. 그리고 선묘화가 다른 사람에게 결혼 사실을 알리려는 염원이 이렇게나 크고 절실한 줄 몰랐던 것이요. 참으로 미안하오. 나는 이 일을 깊이 반성했어요. 일부 사람들에게만이라도 선묘화와 나의 결혼 사실을 알리는 일이야말로, 선묘화의 마음을 푸는 일이라 생각하였소. 우선 선묘화가 잘 아는 우리 회원 다섯 사람에게만 결혼 사실을 알리고, 그들로 하여금 선묘화의 무주상보시의 선행 스토리를 차츰 다른 사람에게도 알리도록 할 것이요. 어떻게 생각해요? 그리고 또 한마디 내 마음속 이야기를 해도 좋겠소?"

그녀는 결혼 사실을 회원들에게 알리겠다는 장 교수의 이야기에 불같이 치솟은 분노를 가까스로 누그러뜨리고, 장 교수의 제안을 더 상세히 듣고자 했다.

"무엇인지 말씀해 보세요!"
"선묘화가 전화를 확! 끊으며 나를 비겁자라고 원망했는데, 그렇게 이야기 해놓고는 선묘화 역시 몹시 괴로웠을 것이요. 선묘화의 다혈질 성미로 보아 선묘화는 분노에 꽉 차서 졸도할 지경이 되었을 것이요. 그러나 이것은 선묘화의 참 마음이 아니라고 생각해요. 분노하고 원망하고 그리고 졸도하는 이 중생심은 가짜 선묘화의 마음인 것이요. 가짜 선묘화의 마음, 가짜의 그 마음에 속지 마시오. 금강경 공부란 무엇인지 아시오? 수시로 속기 쉬운 가짜 나에게 속지 않는 연습을 하는 것이 곧 금강경 공부란 말이오."

여기까지 이야기를 들으니 그를 미워했던 그녀의 마음이 순간적으로 녹아 내렸다. 금강경 말씀보다도, 우선 사모하는 장 교수의 부드러운 음성을 듣는 것만으로도 선묘화의 마음은 이내 안정을 찾아가게 되었다.

"저 지금 응급실에 와 있어요."

"엣! 응급실? 무슨 일로요?"

"위에 종양이 생겼대요."

"아, 그래요? 내 곧 대구로 내려가리다."

"아니에요, 며칠 후 정밀 검사를 위해 서울삼성병원으로 갈 것이니 그때 혹시 병원에 오시고 싶으면 오시던지요."

"선묘화, 내가 참 미안해요. 그대의 말투가 아직 분이 덜 풀린 것 같아요. 나의 어리석은 행동이 선묘화로 하여금 그런 중병에 걸리게 하였다니 모든 책임은 다 나에게 있소. 나는

이제부터 상대를 괴롭게 한 내 죄를 참회하기 위하여 자시가
행정진子時加行精進을 49일간 할 것이요."

　장 교수의 태도는 조금 전까지도 그녀가 생각했던 위선자
와는 너무도 다르게 생각되었다. 장 교수의 전화로 심신이 아
픈 그녀는 구원의 빛을 만난 것 같았다.

　그녀가 서울삼성병원에서 후속 검사를 마친 며칠 후였다.
다행히 위험한 증상은 더 발견되지 않았다. 장 교수는 선묘화
와의 약속을 지켰다. 마침내 기쁨이 가득한 양주의 집에 남
종수 소장을 비롯한 다섯 남자 회원들을 초대한 것이다. 그녀
는 즐겁고 정성스럽게 이들에게 점심 식사를 대접했다. 선생
님은 그 자리에서 그들에게 어떻게 이 집을 짓게 되었는지와,
어떻게 20년을 혼자 살던 사람이 선묘화와 결혼까지 하게 되
었나를 자세히 설명했다.

　"자신의 처를 칭찬하는 사람을 팔불출이라 하지요. 그런데
오늘은 제가 팔불출이 되건 말건 선묘화를 칭찬하지 않을 수
없어요. 요새 세상에 거액을 들여 험한 공사에 손수 감독 일
까지 해가면서 집을 짓고, 그 집을 자신의 이름으로 하지 않
고 남편 이름으로 하여 시집오는 사람이 세상에 어디 있겠소.
이런 이야기가 세상에 알려진다면 세상 사람들은 이 시대에

도 이런 열녀가 어디 있겠나, 모두 깜짝 놀랄 것이오. 바로 그 런 열녀가 바로 이분, 오늘의 주인공, 나의 사랑하는 아내, 선 묘화요!"

함께 모인 사람들은 장 교수의 이야기를 듣고 모두 침묵했 다. 너무나 놀랍고 혼란스러워서 누구도 감히 입을 열지 못했 다. 실제로 그것은 희유한 일이었기 때문이다. 〈기쁨이 가득 한 집〉 초대 행사는 무사히 마쳤다.

그 후 그녀의 의심과 분노는 상당히 줄어들었다. 전에 비 해 마음이 한결 편안해진 것이다. 비록 초대받은 사람은 몇 사람에 불과했지만, 그들에게 결혼을 알리고 식사를 대접했 기 때문인가. 오랜만에 〈기쁨이 가득한 집〉에는 화기가 감도 는 것 같았다.

6개월이 흘러 선묘화의 재검사 날이 다가왔다. 종양 최종 검사는 경북대 병원에 예약이 되었다. 행여나, 혹시나, 그녀 의 가슴은 조마조마했다. 그런데 참으로 부처님 가피였을까. 금강경 기도의 위대한 징표일까. 검사 결과는 정상으로 나왔 다. 최초 검사 당시 상당히 자란 것으로 발견된 종양은 흔적 도 없이 사라진 것이다. 선묘화는 뛸 듯이 기뻤다. 대구 병원 으로 내려온 장 교수도 기쁜 표정으로 그녀의 손을 꽉 잡아주 었다.

"선생님! 감사해요. 역시 선생님 기도가 헛되지 않았어요. 참 고마워요."

그날 밤 선생님은 대구 황토 주택에 머물게 되었다. 그녀는 그리움에 복받쳐,

"선생님 저 좀 꼭 안아주세요. 그리고 뽀뽀 좀 해주세요!" 라고 제의했다. 70을 바라보는 여인으로서는 수줍고 면구스러운 제의였다. 스스럼없이 이런 제의를 하게 된 것은 항상 데면데면하던 장 교수가 오늘따라 그녀의 손을 꼭 잡아주었기 때문이었다. 아마도 이번에는 틀림없이 그녀의 요구를 들어줄 것이라고 믿었다. 그러나 선묘화의 기대와는 정반대였다.

"미안하오, 내가 지난 49일 동안 자시가행정진하면서 금강경을 독송해서 그런지는 몰라도, 지금 나의 모든 감정이 다 말라버린 상태가 되었소. 감정이 말라버려 그 어떤 의욕을 느끼지 못해요."

장 교수가 미안한 듯 그녀의 손을 꼭 잡았다.

선묘화가 그 손을 뿌리쳤다.

"아. 그러서요. 너무 열심히 기도하신 모양이네요. 그 덕분에 제가 병이 이렇게 완쾌되었나 보네요."

선묘화는 불쾌한 감정을 나타내지 않으려고 애를 썼다. 그

러나 그 마음은 쓸쓸하기 이를 데 없었다. 그 한 사람을 만나기 위해 온갖 정성을 바치고, 그 한 사람의 사랑을 받기 위해 얼마나 최선을 다했던가. 사업 일선에서 많은 사람들을 거느렸던 평소의 선묘화로서는 자존심이 상하는 부탁이 아닌가.

"나 뽀뽀 좀 해주세요!"

사랑스럽다면 사랑스러운, 이런 부탁을 한 그녀의 마음을 이렇게 무안하게 하고, 무참하게 짓밟을 수가 있단 말인가. 천하의 한다하는 남성보다 자존심이 강한 그녀였다. 어찌 이처럼 처참하게 망신을 당할 수 있다는 말인가. 자신을 부인이 아닌 또 한 사람의 제자처럼 대하는 태도에, 그동안의 평화롭던 감정은 다시 자취를 감추었다. 또다시 심한 모멸감과 배신감이 머리끝까지 올라왔다. 그녀는 마음이 괴로울 때마다 불현듯 시심詩心이 발동하여 글을 썼다.

채워야 할
시간만큼 꿈도 많았고
지워야 할
자국만큼 한도 많았다.
바라보며
살려던 꽃길
마주하며 살아온 진흙 길
나 홀로 그리워하고

나 홀로 외로웠다.

인생은 뜬구름

스치는 바람

바람결에

황혼이 물들어간다.

어차피 머무를 수 없는 자리인가

아직도 열정이 남은 가슴인데

황혼의 품에 안겨보기 원하지만

어차피 누릴 수 없는 순간인가.

아직도 식지 않은 입술인데

황혼이 입 맞추라 하네

그녀는 시무룩했다. 선생님과의 이혼 문제를 심각하게 고민하고 있다. 형식적 사랑, 제자를 아끼는 듯한 미적지근한 사랑, 비록 수도자라 할지라도 이런 사랑의 자세가 어찌 진정한 남편과 아내로서의 사랑이라 할 수 있겠는가. 어찌 이런 식으로 결혼 생활을 이끌어갈 수 있을까. 그녀에게 혼돈의 시간이 반복되었다.

선묘화는 어려운 때면 늘 좋은 상담을 해주던 강 회장에게 전화를 드렸다. 이 갈등의 시기에 그분의 고견을 듣고 싶었다.

"강 회장님! 나는 도대체 장 교수라는 사람을 알다가도 모를 것 같아요, 어느 때는 따뜻한 것 같고, 어느 때는 진실한 것 같지만, 또 어느 때는 배신자 같기도 하고 이기주의자 같기도 해요. 나는 많은 생각을 하다 이 사실 하나만은 분명하게 결론을 내렸어요. 양주에 집을 짓기 전의 그의 마음과, 집을 짓고 난 후 그의 마음이 달라졌다는 사실이요. 즉 그는 집을 짓기 위하여 나를 이용하였다는 생각이 들어요, 회장님 생각은 어떠세요?"

그녀는 자신의 심경을 솔직하게 토로했다.

"윤 사장! 나는 윤 사장의 말에 동의할 수 없어. 나는 건설회사를 하면서 수많은 사람을 상대해 보았잖소. 나에게는 사람을 볼 줄 아는 눈이 있어. 그런데 내가 보는 장 교수는 윤 사장이 보는 것처럼 그런 위선자나 배신자는 아니야. 장 교수가 집을 지은 뒤 달라졌다는 사실은 양주의 집을 짓기 전에는 윤 사장과 다툼이 적었을 때였고, 집을 지은 후에는 집 짓는 과정에서 그와 의견 충돌이 있었기에 그 전과는 당연히 태도가 다를 수밖에 없는 것이야. 장 교수가 대구에서 강연할 때, 강연하는 모습을 유심히 지켜보았는데 그 진실된 표정은 윤 사장을 집 짓기 위해서 이용할 사람의 눈빛은 절대 아니야."

남자의 눈, 여자의 안목이 다른 것인가. 여러 번 장 교수를
만나본 것도 아니면서 강 회장은 자신 있게 말했다. 장 교수
를 두둔하거나 호평을 한다기보다, 강 회장은 장 교수의 대구
강연에서 보고 느낀 그대로를 술회한 것이었다.

　"회장님, 회장님이 많은 사람을 상대해 보셨다지만 어찌
강연 한번 들으시고 사람의 진실성을 그리 쉽게 판단할 수 있
다는 말입니까? 회원들을 집으로 초대하지 않으려는 저의는
저를 아내로 사람들에게 알렸을 때, 자신을 하늘처럼 떠받드
는 많은 여자 회원들이 떨어져 나갈 것 같은 두려움 때문이
아닐까요? 그는 스님도 아니고 총각도 아닙니다. 한번 결혼
한 사람이고 현재는 독신입니다. 한번 장가간 사람이 재혼하
는 것은 수치도 아니고, 숨길 일도 아니거든요. 그는 자신이
무슨 거룩한 스님이나 되듯, 저와 결혼한 사실을 알리지 않고
있어요. 이것이 위선이 아니고 무엇입니까?"

　선묘화는 자신의 심경을 조금도 숨김없이 적나라하게 표
현했다. 진실로 그녀가 원하는 바는 오직 한 가지, 장 교수의
사랑이었다.

　"다섯 사람에게 이미 알렸다면서?"

강 회장은 마치 선묘화의 친 오라버니라도 되는 것처럼 궁금한 사항을 은근하게 질문했다.

　"다섯 사람에게 알리고 그들로 하여금 점차적으로 많은 회원들에게 알리도록 하겠다고 철석같이 말했지만 알리려는 기미가 보이지 않는 것이에요. 아마도 그 사람은 앞으로도 여러 사람들에게 자신의 결혼 사실을 알리지 않을 것이 분명해 보여요. 툭하면 나는 선묘화와 다른 회원을 동등하게 본다, 라는 소리나 하고요. 어디 자기가 부처님이에요? 안식구나 회원들을 동등하게 보다니. 그런 성현 군자 같은 자세라면 결혼은 왜 하는 것이지요?

　며칠 전. 제가 병원에 있을 때, 좋은 마음으로 대구로 내려왔기에 그날 밤, 나에게 뽀뽀 좀 해 달라고 요구했어요. 장 교수는 마치 도인이나 되는 것처럼, 나는 사랑이고 애욕이고 다 떠난 사람이라고 하는 거예요. 설사 속으로 애욕은 떠났다 하여도, 아내가 병원에서 나와 간절히 원하는데 그 요청을 그렇게 무참하게 만들 수 있단 말인가요? 그는 참 순진한 사람인지 바보인지, 또는 위선자인지 알 수가 없어요. 그래서 제가 그를 이해하기 곤란한 사람이라고 하는 겁니다.

　회장님! 그리고 결정적으로 의심하는 이유가 또 하나 있어요. 전에는 선묘화의 아름다운 이야기를 제대로 전달하지 못한 상태라서 사람들에게 못 알린다더니, 얼마 전에는 이렇게 선묘화와 자주 다투어 언제 헤어질지 모르는데 어찌 회원들에게 결혼 사실을 알릴 수 있소? 라고 말을 바꾸는 겁니다.

이렇게 말을 바꿀 때에는 배신감으로 견딜 수 없는 분노가 터져 나와요. 곁에 있었다면 당장 법원으로 끌고 가 이혼을 시도하였을 거라고요. 그렇지만 전화로 차마 그럴 수는 없더라고요.

회장님 제 성미 잘 아시지요? 저도 그때는 도저히 못 참아 험한 말을 막 내뱉었어요. 그런데 막상 분노를 폭발하고 나니 당장 숨이 막힐 정도로 괴로움이 몰려오는데 꼭 죽을 것만 같았어요. 그래서 몇 년 만에 예전에 다니던 정신과로 가서 우울증 약을 처방받아 먹었어요."

그동안 선묘화는, 아니 윤명자 사장은 얼마나 마음고생이 심했던가. 대구에서 경기도 고양시 상락아정연구소로, 양주의 집으로 오르내리면서 결혼의 환상이 깨지는 아픔을 홀로 겪었다. 강 회장은 자신이 마치 윤 사장의 친 오라버니처럼 예사 남성이 아닌 수도자를 사랑하는 선묘화가 더없이 가엾어지기 시작했다. 그는 기왕이면 그녀의 하소연을 침착하게 끝까지 잘 들어주는 카운슬러가 될 요량이었다. 카운슬링의 핵심은 일단 내담자의 고민을 성의껏 잘 들어주는 데서 해결의 실마리를 찾을 수 있다는 것 아니겠는가.

　"아 그런 일도 있었소? 윤 사장! 상당히 괴로웠구만. 그런데 윤 사장은 어떻게 생각할지 모르지만 나는 장 교수의 그런 말씨를 충분히 이해할 수 있을 것 같소. 윤 사장이 많은 사람을 거느려 보고 남자들을 잘 안다 하지만, 나는 장 교수의 마음을 이해할 것 같다고. 그리고 설사 여자 회원들이 떨어져 나가는 것이 두려워서 결혼한 사실을 못 알린다 하여도 그런 사정을 나 같으면 다 포용할 수 있을 것 같아. 윤 사장! 그런 소소한 일 가지고 왜 다투나? 벼르고 벼른 재혼이니 참고 살아보라고."

　강 회장의 '그런 소소한 일' 그 어휘 가운데에서 선묘화 보살과 장 교수의 갈등은 이미 결론이 내려지고 있었다. 우주과학, 마음 과학이라 할 수 있는 금강경, 그 금강경을 연구하고 수지독송, 주야로 수행하는 차원에서 보면 그들의 티격태격, 세속 말로 사랑싸움은 애교 수준이었다. 강 회장이 보건대 그들의 사랑은 바야흐로 익어가는 과정인 것이다. 그러므로 강 회장은 그녀에게 탁월한 상담자 역할을 하고 있는 셈이었다.

　"강 회장님! 회장님은 제가 꼭 마음 아프고 몸이 야위어서

하소연할 때마다 어떻게 꼭 그 사람 편만 드세요? 회장님도 남자니까 남자 편만 드시는 것 아니에요? 회장님은 여자 회원들에게 결혼 사실을 알리지 않는다는 것이 아무렇지도 않은 것 같지만 저에게는 심각한 문제라고요. 앞으로 회장님이 그런 일로 장 교수 편을 드신다면 다시는 회장님께 전화도 드리지 않을 것이에요. 왜냐하면 제가 장 교수에게 바친 정성이 얼마나 큰지 회장님은 정말 짐작도 못 하실 거예요. 정성은 사랑이라고요. 그 사랑이 너무나 깊고 컸기에 다른 사람이 소소하게 보이는 문제가 저에게는 대단한 사건이 되는 것이에요."

강 회장의 온건하고 합리적인 강론이 이어진다. 강 회장은 강 회장 나름으로 문제의 해법을 알고 있는 것 같다. 선묘화의 성정을 누구보다 잘 알기에 그녀가 이해할 수 있는 범위 내에서 원만한 방법을 설파하고 있는 것이다.

"윤 사장 내가 아무리 설득해도 소용이 없네. 윤 사장은 한번 정하면 끝까지 밀고 나가는 성미이고, 전혀 타협을 아니하는 기질이야. 그러나 내가 오늘 윤 사상의 분노를 말리는 것은 결코 장 교수 편을 들려는 것이 아니야. 두 분 행복의 길에 내 말이 꼭 도움이 된다고 생각해서 그런 말을 한 것이야. 그런데 나도 이제는 더 이상 윤 사장을 설득하려고 하지 않겠어. 왜냐하면 윤 사장은 워낙 고집이 세고, 고집이 센 사람을 잘못 설득하면 득이 되지 않고 도리어 해가 될지도 모르기 때문이야.

윤 사장, 잘 알아서 결정해. 정 그렇게 괴롭다면 지금이라도 과단성 있게 단안을 내리고 이혼해! 그렇게 왔다 갔다 하는 사람에게 미련을 가지지 말라는 말이요. 윤 사장이 무어 부족한 것이 있어 그런 사람에게 매달린단 말이요.”

역시나 큰 사업 하는 분이어서일까. 같은 동향 사람이어서일까. 강 회장은 애정 어린 충고와 함께, 질타와 내치기도 서슴지 않는다. 그래! 네 고집대로 단안을 내려봐! 였다.

‘과감하게 단안을 내리고 이혼해요’라는 강 회장의 말은 그녀 선묘화가 원하던 말이었다. 속 시원한 소리였다. 하지만 막상 헤어지려 하니 그녀의 마음이 또다시 착잡해지기 시작한다.

“사실 회장님 말씀대로 그와 정리할 생각을 수도 없이 해 보았어요, 그런데 그럴 때마다 보이지 않는 무엇이 내 발목을 잡았어요. 지금 사실 장 교수와는 어떤 미련의 끈도 남아 있지는 않아요. 왜냐하면 호적에만 부부로서 등록되어 있을 뿐,

그 외에는 부부로서의 흔적이 전혀 없기 때문이에요. 그리고 앞으로 부부로서 다정하게 살아 볼 희망도 없어요. 장 교수에게 이런 심경을 이야기한 적도 있어요. 그랬더니 장 교수 그분이 뭐라고 한 줄 아세요? '이혼의 결심이 진실이라면 양주의 집을 당장 선묘화 이름으로 돌려주고 나는 아무 미련 없이 양주 집을 떠날 것이요.' 하는 것 아니겠어요. 그러면서 '그런데 아마 선묘화는 쉽게 나를 떠날 수 없을 것이요.' 하는 것이에요. 저는 그 말에 더욱 오기가 나는 거예요. '그래서 내가 왜 무엇이 두려워 쉽게 떠나지 못한다고 말씀하세요? 나의 마음속에 선생님을 믿는 마음이 0.1%라도 있는 줄 아세요? 나는 반드시 떠나게 될 거예요'라고 선언했어요.

'내가 선묘화를 붙들고 싶어 이런 말을 한 것이 아니라, 나의 추측이지만 전생의 지중한 인연이 선묘화를 못 떠나게 할 것이란 말입니다.' 하고 장 교수가 이야기했음에도 그와 헤어지지 못하는 것이 참 안타까워요. 왜 그럴까요? 장 교수의 말대로 전생에 무슨 인연이 있었을까요?"

그녀는 강 회장에게 더 하소연하기를 멈추었다. 아무리 하소연해도 소용이 없음을 잘 알았기 때문이다. 이제 그 누구에게도 의논할 수 없다. 오직 그녀 혼자 결정할 뿐이다. 그녀의 마음을 알아주는 사람이 하늘 아래 어디 있으랴.

그녀는 새삼스럽게 병들어 누워 계시는 부인사 성타스님을 다시 생각한다. 일생을 기도와 수행으로 일관하신 스님, 마치 친정어머니처럼 푸근한 스님이 생각난 것이다. 이 세상에 오직 그 스님 한 분만이 진정으로 그녀 편이 되어줄 듯싶었다.

   "선묘화야! 그 사람 만나 너무 고생이 많았다. 다른 사람들은 다 시집 잘 갔다 하지만 나만은 선묘화 네 심정을 잘 안다. 세상일이란 다 그렇단다. 부처님께서 모든 것이 다 전생의 인과응보 결과라 하시지 않았더냐. 부디 남 원망 말고 또 세상 원망하지 말고, 부처님만 믿고 잘 살아라."
   부인사 스님의 음성이 들리는 듯했다. 그녀 눈에서 눈물이 주르르 흘러내렸다. 그녀는 스님의 부드러운 모습을 그리며 글을 써 보았다. 글을 쓰면 마음이 후련해질 것 같았다.

   마주하기에는 너무 아프지만
   되돌아보면
   슬픈 사랑
   저 산 하나
   넘어가면
   잊을 수 있을까
   저 강 하나 건너가면

지울 수 있을까

무심히 스쳐가는 시간들 속에서도

불씨처럼 남아있는

지나간 사랑

다시 피울 수도

영영 꺼버릴 수도 없는

서러운 아픔으로 되살아나지만

이따금

그리운 연기처럼 피어오르는

가련한 사랑

연꽃의 싹이 트다

선묘화는 장 교수와 3일이 멀다고 다투었다. 수도 없이 이혼을 결심하였다. 양주집 지을 때의 골절, 위의 종양과 우울증 같은 증상으로 몸마저 불편했다. 결혼 3년은 그녀에게 지옥이었다. 지옥의 고통 속에서도 금강경 독송은 쉬지 않았다. 금강경은 그녀에게 위로요, 희망이었다. 금강경을 통한 위로와 희망은 부처님의 자비 광명이라 해야 할까.

당장 헤어질 것 같은 절박한 심경이 되었다가도 금강경을 공부하는 순간 장 교수에 대한 증오심이 희석稀釋되면서 어느 순간, 거짓말처럼 무량한 그리움이 몰려왔다.

대구 팔공산 자락에 황토 주택을 지어 머문 지 17년째, 조용하던 집이 이사 온 지 2년이 되자 쥐가 들끓었다. 그녀는 다니던 절에서 고양이 한 마리를 얻어왔다. 쥐 떼의 극성은 나아지지 않았다. 이사 온 지 3년째 되는 해에는 곶감 300개를 깎아 말려 냉동실에 집어넣으려고 저녁에 창고에 두었는데, 밤새 300개의 곶감이 흔적도 없이 사라져버렸다. 쥐 떼들의 소행이었다. 쥐 뿐 아니었다. 황토 주택은 팔공산 기슭의 깊은 산속이어서 뱀 또한 많았다. 이웃집에서 일 년에 15마리의 뱀을 잡았다는 이야기가 들려오기도 했다. 원적외선이 방출되는 황토 집을 생각하면 이 주택은 참 잘 지었다 싶다가도 쥐나 뱀이 득시글 한다고 생각하면 당장 만정이 떨어졌다.

이런저런 방법을 동원해도 다 통하지 않았다. 그녀는 마지막으로 부처님 공부로 이 혐오스러운 동물들을 퇴치해보자 마음먹었다. 일심으로 기도하였을 때마다 부처님은 그녀의 소원을 다 들어주었다. 그녀는 '쥐와 뱀은 사라져라' 하고 빌면서 법화경을 쉴 사이 없이 읽었다. 사경을 하고, 다라니까지 독경하였으나, 쥐와 뱀의 극성은 조금도 덜해지지 않았다.

어쩔 수 없이 상락아정연구소를 방문했다. 장 교수가 소사도량에서 쥐를 퇴치한 이야기를 듣게 되었다. 그녀도 그 방식으로 쥐 떼를 퇴치하리라 작정했다. 오직 쥐와 뱀들이 모두 신심 발심해서 부처님 전에 복 많이 짓기를 발원하면서 금강경을 독송했다. 오랜 시간이 걸리지 않아 쥐들이 사라졌고 뱀도 볼 수 없게 되었다. 거짓말 같은 현실이었다.

장 교수는 금강경을 수지독송하는 그곳에는 천인아수라
개응공양天人阿修羅 皆應供養 즉, 하늘 사람과 인간, 아수라가
응당 공양을 올린다고 말씀하셨다. 그 말씀이 현실로 그녀에
게 나타난 것이다. 금강경 공부의 효험을 실감하면서 그녀는
그렇게 미웠던 장 교수에 대한 증오심이 바람처럼 사라지곤
했다.

　더 놀라운 일도 있었다. 그녀는 금강경 공부를 통해 의외
의 기적적인 체험을 했으며, 그중에서 특별한 것은 다음과 같
다.

　제주도에는 그녀가 30여 년 전에 사놓은 땅 일만 평이 있
다. 이곳에 신공항이 들어서는데 공항에서 5km까지는 건물
을 짓지 못한다고 한다. 선묘화의 땅은 신공항에서 10~12km
정도 떨어져 있는 위치였다. 이 땅을 살 때는 개발지구였는데
공항이 들어서자 개발이 무산되어 버렸다. 개발이 무산되니
까 공사하는 조합 주체는 없어지고 간부들은 뇌물 부정 수수
授受로 구속이 되었다. 그래서 충주에 있는 공항건설에서 새
롭게 공사를 맡게 되었다. 그들은 공사대금 500억 원을 받기
위해 유치권을 내놓으라고 했다. 900명의 지주 지분을 전부
압류하는 바람에 재판 한번 못해보고 모든 지주들(선묘화를
포함)의 땅은 경매에 들어가게 되었다.

그녀의 땅은 도로변 바로 옆에 있었다. 2천 500평 노른자 위였다. 서울의 변호사에게 사건을 맡겼으나, 재판은 대법원까지 가서 패소해 버렸다. 재소송하려고 대구 변호사에게 재판을 맡겼지만 재판 날짜는 나오지도 않았다. 50~60억가량될 땅이 영원히 날아갈 위기에 처했다.

이럴 때 어떻게 해야 하나? 그때 그녀는 확신을 가졌다. 이 땅은 부처님 땅이다. 그 누구도 이 땅을 가져갈 수 없다. 그런 확신을 가지고 금강경 독송을 했다. 어느 때보다 더 간절하게 기도드렸다. 그렇게 금강경을 독송하던 어느 날 새벽에, 정면돌파하자! 하는 아이디어가 떠올랐다. 마치 부처님께서 주신 지혜인 것 같았다. 정면돌파에 익숙한 그녀는 그날로 충주로 올라가서 공항건설 회장을 만났다. 참신한 아이디어, 정면돌파, 즉각 행동 개시는 그녀만의 특별한 장점이었다.

"모든 자료 전부를 사진 찍어 가져왔습니다. 우리는 유치권이 있는 그 땅에 공사를 해왔습니다. 보시는 바와 같이 울타리가 쳐져 있고, 그 안에 나무를 심었기 때문에 당신네 공사와는 아무 상관이 없습니다. 일만 평의 땅 곳곳에 나무를 심어 놓았으니 내 땅은 경매에서 빼줘야 하지 않겠습니까. 회장님도 80 노년의 몸으로 이제 살아갈 날이 얼마 안 남았고 저 또한 얼마 남지 않았습니다. 가져가야 할 땅이라면 당연히 가져가서야 하겠지요. 하지만 이 땅은 30년 된 땅으로 저의 한이 서린 땅인데 이곳 어느 곳에 유치권이 있습니까?"

그녀의 조리 정연한 설득이 주효했던가. 공항건설 회장은 결국 두 시간 만에 그 자리에서 변호사를 불러 해지 신청을 해주었다. 놀라운 기적이었다. 그녀는 모든 일을 원상태로 되돌려 놓은 것이다. 이와 같은 금강경을 통한 기적의 체험 같은 일들이 장 교수의 곁을 떠나지 못하게 발목을 잡는 이유였을까.

그녀는 곰곰이 생각했다. 선생님과 살 수도 없고, 그렇다고 떠날 수도 없다. 도대체 그 까닭은 무엇일까?

"아마 나를 떠나고 싶어도 그렇게는 잘 안 될 것이오!"

그녀는 장 교수의 진의가 무엇인지 궁금했다. 생각나면 곧 행동하는 그녀 기질이어서 즉시 전화를 걸었다.

"선생님 얼마 전 제가 몹시 분노에 차서 이별을 선언했을 때, 선생님께서는 막연한 나의 추측인데 아마 전생의 지중한 인연이 선묘화를 못 떠나게 할 것이오, 라고 하셨습니다. 그 전생의 지중한 인연이란 무엇인지 저에게 말씀해 주세요."

이별을 결심한 사람에게는 모든 의심이나 증오가 사라지듯, 장 교수에 대한 그녀의 말투는 한결 부드러웠다. 이 또한 금강경 독송에 따른 변화이었을까?

"오랜만의 전화요. 그런 일 때문에 전화하시었소? 내가 선묘화를 만날 때, 선묘화가 생각한 것처럼, 사랑으로 만난 것도 아니고, 법당을 짓기 위해서 만난 것도 아니었소. 물론 선묘화에 대한 호감이 없었던 것도 아니고, 법당 건축에 대한 기대도 전혀 없었던 것은 아니었소. 하지만 가장 결정적 결합의 원인은 나의 스승님께서 말씀하시었던 전생의 인연, 그 말씀을 믿었기 때문이었소."

장 교수의 음성은 언제나 그렇듯 침착하고 조용했다.

"선생님은 전생을 자주 이야기하시고, 어느 때는 전생을 훤히 내다보는 분같이 느껴지기도 해요. 잘 아신다면 제 질문에 답해 주세요. 어째서 제가 선생님을 떠나지 못하는지, 그 진정한 이유는 무엇인가요? 저 자신은 아무리 생각해도 선생님과 함께 살아야 할 어떤 이유도 발견하기 어렵거든요. 그렇다고 헤어지자니 또 이유를 알 수 없는 그 무엇이 내 발목을 잡는 것 같고요. 그 무엇이란 선생님이 말씀하는 전생의 인연일 것 같은데 그 인연이 무엇인지 알고 싶어요."

의문 나고 알고 싶은 것이 있으면 곧바로 행동에 옮기는 그녀였다. 선묘화는 공명정대한 장 교수가 가장 아끼고 든든하게 믿는 도반일 것이다. 갠지스강의 모래알처럼 수많은 중생 속에서 그처럼 성의 있고 신심 깊은 도반을 만나기도 결코 쉬운 일은 아닐 것이었다.

"정확한 전생의 인연은 내가 도인이 아니니 어찌 알 수 있겠소. 설사 잘 안다 해도 선묘화가 그 말을 믿지 않으면 내가 아무리 잘 설명을 해도 소용이 없어요. 정확하지 않은 전생 이야기로 사람의 마음을 흔들리게 할 수는 없는 것이니까요."

청출어람靑出於藍이라고 했던가. 선묘화와 대화하는 장 교수의 지금 심정이 꼭 그와 같았다. 어쩌면 선묘화 그녀는 전생에 누구보다도 큰 도를 닦은 게 틀림없어 보였다. 20여 년 한결같이 수도자의 길을 걸어온 장 교수에게 그와 같은 질문은 누구나 다 할 수 있는 게 아니었다. 선묘화의 근기는 상중상 그 이상으로 보였다.

"정확하지 않아도 좋아요. 정말 답답해요. 대강 그 원인이라도 알고 싶어요. 원인을 잘 알게 된다면 선생님과 함께 살아도 현재보다는 사이가 나아질 것 같고 설사 헤어진다 하여도, 선생님 원망은 하지 않을 것 같아요."

그녀는 어떤 문제든지 관통하려고 하는 의지가 강했다.

"그래요, 전생에 우리가 맺은 원인을 잘 안다면 함께 살더라도 다툼이 적을 것이고 설사 헤어진다 하여도 서로 원망하지 않게 될 것은 분명하오. 그렇다면 내가 아는 전생 이야기를 해볼 수도 있는데 들을 준비가 되어 있나요?"

학처럼 청렴한 성품에 신성한 정열을 품고 있는 장 교수는 상대방의 의견을 먼저 묻는 신중함을 보인다.

"물론이죠. 간절히 듣고 싶습니다. 전설 같은 이야기라도 좋으니 말씀해 주시지요. 그래야만 제 속이 좀 풀릴 것 같습니다."

"선묘화! 원효스님과 의상스님의 이야기를 아시지요?"

"네! 유명한 이야기라 잘 알고 있지요. 불자佛子치고 그 이야기 모를 사람이 어디 있겠어요. 원효스님이 해골에 고인 물인 줄 모르고 마셨을 때는 감로수처럼 맛이 있었는데, 해골에 고여 있는 물인 줄 알고서는 토해냈다는 이야기죠. 원효스님은 이때 종종심생種種心生 종종법생種種法生, 종종심멸種種心滅 종종법멸種種法滅이라는 화엄경 구절을 크게 깨치시고 중국 유학을 포기하고 본국으로 되돌아왔다는 것 아니예요? 의상스님은 혼자서 중국 유학을 하셨다고 하는데, 이 글은 원효 스님을 의상스님보다 한 수 높게 표현한 것 같아요. 그렇지만 저는 인간적인 냄새가 물씬 풍기는 의상스님 쪽이 더 마음에 끌리는 것 같아요."

"의상스님은 혼자 중국 유학길에 오릅니다. 천신만고 끝에 중국 등주에 도착했습니다. 그때 몸은 병들어 등주에 있는 어떤 중국 사람 집에 몸을 의탁하게 되었습니다. 그 중국 사람 집에 선묘라는 이름을 가진 딸이 병든 의상스님을 정성껏 간호했어요. 송고승전宋高僧傳이라는 책에 보면 선묘낭자는 의상스님의 준수한 용모에 반해 연정을 품게 되었다고 해요. 어느 날 선묘낭자가 의상스님에게 고백을 합니다.

'스님, 깨끗하고 고귀한 그 공덕을 받들고 공경하지만 저의 욕심은 자제할 수 없습니다. 스님을 뵙는 순간 첫눈에 제 마음이 움직였습니다.'

중국 사람의 딸 선묘낭자는 용기가 가상하다고 할까요? 담대한 소녀 같습니다."

"의상스님의 용모가 아무리 준수하다 하여도 중국사람 선묘낭자가 그렇게 사랑을 고백할 수 있었을까요?"

"기록이니까 그렇게 썼을 수는 있습니다. 첫눈에 쑥 빨려

들어갈 정도로 깊은 인상은 있을 수 있겠지만 처음 보는 남자, 더구나 승려에게, 즉각적으로 사랑 고백까지 할 수는 없었을 겁니다."

"그럼 의상스님의 어떠한 태도가 이방 여성의 마음을 사로잡을 수 있었을까요?"

"첫인상은 매우 좋다가도 차츰 싫어지는 경우가 너무 많아요. 그런데 차츰 좋아지다 뜨거운 사랑의 고백을 할 정도까지 좋아지려면 그 사람의 성품이 매우 건강해야만 가능해요. 즉 첫인상도 좋지만 아는 것이 많아야 할 것이고, 인품도 훌륭해야 할 것이고, 남을 배려하는 마음도 많아야 할 것이고, 이런 사람을 건강한 사람이라 하는데, 의상스님은 인상도 좋았겠지만 스님의 건강한 마음이 선묘낭자의 마음을 움직이게 할 수 있었을 것 같아요."

"그런데 그런 사랑의 고백을 받고 의상스님인들 무심하실 수 있을까요? 떠도는 이야기에 의하면 의상스님은 선묘낭자에게 '나는 부처님의 가르침을 얻어서 중생을 구제하고 색욕의 세계는 벗어난 지 오래됐습니다. 낭자는 저에 대한 애욕의 마음을 떨치시고 진실한 불자로 거듭 태어나십시오'라고 무심도인처럼 말씀했다는데요. 그의 속마음까지 무심할 수 있었을까요?"

"그래요, 스승님의 말씀에 의하면 업보란 일방적이 아니라 항상 쌍방적이라 해요. 물론 선묘낭자의 열렬한 구애에 천하의 의상스님인들 무심하지는 않았을 것이요. 선묘낭자는 처음부터 애정의 시도를 하고, 의상스님은 대수롭지 않게 받아들였을 것입니다. 스님이란 위의威儀도 있고 해서 애정을 눌러 참았을 것으로 여겨집니다. 의상스님이 몇 달간 그 중국인 집에 머물렀고, 선묘낭자가 계속 사랑의 시도를 할 때마다, 스님은 자신의 속마음에 애정이 솟아오름을 알고, 더 냉정하게 대했을 것이요. 의상스님이 선묘낭자의 애정 공세를 묵살할 때마다 낭자는 마음에 상처를 받았겠지요. 선묘낭자는 그 열정을 쉽게 포기하지 않았어요. '스님! 깨끗하고 고귀한 공덕을 받들고 공경하지만 저의 욕심은 자제할 수 없습니다. 스님을 뵙는 순간 첫눈에 제 마음이 움직였습니다'라고 고백합니다."

장 교수의 말씀을 듣는 가운데 선묘화 보살은 마치 자신의 내면의 실상을 보는 듯 가슴이 찌르르 아파왔다. 선묘낭자의 애끓는 마음을 능히 헤아릴 수가 있었다.

"그때 의상스님의 반응은 어떠했다고 합니까."

"기록에는 '나는 계율을 지키기 위해 신명을 바쳤습니다. 부처님의 가르침을 얻어서 중생을 구제하고 색욕의 세계는 벗어난 지 오래됐습니다. 낭자는 저를 원망하지 마시고 저의 공덕을 믿으셔야 합니다'라고 단호하게 거절하였다고 합니다."

"의상스님은 애욕을 모두 초월한 분이시네요. 선묘낭자의 마음을 잘 떼어내셨군요."

"나는 의상스님은 애욕을 떠났기에 그런 말씀을 했다고 믿어지지 않아요. 속으로는 선묘낭자에 대한 미련이 없지 않았지만, 그렇게 할 수밖에 없어서 단호하게 대처했을 것으로 추측해요."

"어찌 선생님께서는 의상스님 같은 대 도인을 여자의 연정에 끌리는 가벼운 사람으로 보십니까? 그런 말씀은 의상대사를 모욕하는 말씀 같아요. 의상스님은 계율은 생명보다 소중하다는 말씀으로 선묘낭자의 애욕의 끈을 끊었을 것이 분명해요."

"기록상으로는 의상스님이 선묘낭자의 애정을 차단한 것처럼 기술했지만 실은 그렇지 않았을 겁니다. 왜냐하면 의상스님이 단호한 거절로 선묘낭자의 마음을 멀어지게 하였다면, 선묘낭자는 의상스님을 10년간 기다리지 않았을 것입니다. 나도 처음에는 의상스님을 천하의 대 성인으로 보아 아무리 선묘낭자가 열렬히 사랑했다 하여도 꿈쩍도 하지 않았을 것이라 여겼어요. 그런데 마음 닦는 공부를 오래 하고 보니 성인이란 애욕이 없어서 성인이 되는 것이 아님을 알게 되었어요. 오히려 애욕이 많은 사람이 애욕을 공양물로 삼아 부처님께 바침으로써 성인이 됨을 깨달았어요. 애욕을 끊은 것처럼 말하는 사람은 실제로는 애욕을 끊지 못한 사람입니다. 의상스님이 애욕을 끊은 것처럼 냉정하게 말씀했다 하지만, 정말 애욕을 완전히 소멸한 사람은 그런 식으로 말하지 않는 법이요. 의상스님의 애욕 뿌리가 선묘낭자에게 미련을 가지게 했고, 그 미련이 해결되지 않아 결국 바다에 몸을 던지게 된 것이지요."

장 교수는 본인의 현재 심정을 설파하고 있는 것일까? 선묘화에게 의상스님과 선묘낭자의 이야기가 예사롭게 들리지 않았다.

"의상스님에게서 인간적인 냄새가 나니 저는 오히려 반가운데요."
"말하자면 의상스님도 현재 의식에는 애욕이 없지만 잠재

의식까지 애욕의 뿌리를 완전히 해탈한 것은 아니라는 것이지요."

"의상스님처럼 속마음은 애욕이 사라지지 아니하였지만, 겉으로 냉정하게 행동하는 것이 선묘낭자를 몹시 괴롭게 하지는 않았을까요? 부처님의 가르침은 대자대비 아닌가요?"

"참 선묘화, 똑똑합니다. 도인의 법식을 잘 아는 날카로운 질문이군요. 의상스님은 당시에는 깨달음을 얻지 못한 것 같고, 그래서 선묘낭자로 하여금 마음에 상처를 입게 했다고 짐작해요. 큰 도인은 상대의 마음에 전혀 흠집을 내지 않고 제도하시는 것이 특징이랍니다. 나옹선사께서는 물처럼 바람처럼 흔적 없이 살다가 가라 하셨잖습니까."

"의상스님의 선묘낭자에 대한 제도 법식은 말하자면 흠집의 제도라는 말씀인가요?"

"그렇습니다. 내가 의상스님 같은 도인을 폄하한다고 할지 모르지만 의상스님은 현생이 최후 생이 아니라 후생에 다시 선묘낭자를 만나 반드시 한풀이를 해야 할 것으로 예상되는 것이요."

"의상스님같은 대 도인은 윤회를 벗어나 열반의 세계에서 유유자적 하실 듯싶은데, 선생님께서는 어째서 의상스님이 내생에 보를 받는다 하십니까? 이 말씀 또한 믿기 어려운 말씀이네요."

선묘화의 연속되는 질문은 장 교수에게 송곳으로 정곡을 찌르는 면이 있었다. 선묘화는 본인의 문제와도 연결이 된다고 보는 것인가. 아니면 본시 두뇌가 영특하고 사유의 폭이 넓고 깊었던가.

　"보통 사람은 생사는 싫어하고 열반을 좋아하지만, 의상스님은 열반에 머무르지도 않고, 설사 선묘낭자에게 괴롭힘을 당하더라도 오히려 감사하면서, 후생에 다시 만나 해탈의 수행을 하실 것으로 보입니다."

　"선생님께서는 의상스님은 애욕을 해탈한 거룩한 성자라는 관점에서 보지 않으시고 시종 애욕이 있지만, 애욕이란 수도에 방해물이 아니요, 그것을 밑천으로 밝아진다는 관점을 가진 뜻으로 해석하십니다. 그렇다면 선묘낭자가 바다에 몸을 던질 때, '나는 용이 되어 의상스님을 도우리다'라는 이 말에 대해 선생님의 해석도 당연히 다를 것이겠네요."

　"물론이죠. 누구 한 사람에 대한 지극한 사랑은 애욕이라, 애욕을 가진 자가 내생에 마음대로 용이 되겠다 한들 어찌 마음대로 용이 될 수 있겠소."

　"그러면 부석사의 전설은 사실이 아니라는 말씀인 것 같군요. 송고승전도 마찬가지고요."

"선묘낭자가 용이 되어 의상스님을 도운 것은 사실일 것입니다. 우리 스승님이시라면 용이 되어 스님을 도운 것을 선묘의 힘이 아니라 의상스님의 법력 때문이라고, 하실 것 같아요. 선묘화! 가상적 스승님의 설명을 한 번 들어보세요!"

'선묘낭자가 의상스님을 열렬히 사모한 것은 사실이지만, 선묘낭자가 용이 되어 의상스님을 보호할 마음을 낸 것은 아니다. 아니 할 수도 없다. 10년을 일심으로 기다린 자신을 만나 보지도 않고 가버린 스님을 도울 마음이 나겠는가. 선묘낭자는 의상스님에 대한 서운한 감정이 많았을 것이다. 선묘낭자는 중국에 혼자 남아 살아갈 자신도, 살 의욕도 없어 죽음을 택했을 것이다. 선묘낭자는 바닷물에 몸을 던져 죽을 때 의상스님을 원망했을 것이고, 죽음으로써 의상스님의 가슴을 아프게 하고 싶었을 것이다. 그러므로 용의 몸을 받고 의상스님을 돕게 된 것은 오직 의상스님의 법력 때문인 것이다.'

"성내는 마음을 가지고 세상을 떠나면 사람 몸이든 축생의 몸이든 받기 힘들다고 합니다. 선묘낭자는 용의 몸을 받았고, 원한 품지 않고 의상스님을 도와주었으니 이는 어쩐 일인가요? 용의 몸을 받은 것은 사실이 아닌가요?"
"나는 사실로 믿습니다. 사실이기에 송고승전에도 그렇게 썼을 것이고 부석사에도 선묘낭자와 의상스님의 설화를 그렇게 환상적으로 쓸 수 있다고 생각해요. 나는 의상스님의 법력으로 선묘낭자가 용의 몸을 받게 된 것이고, 선묘낭자의 힘으로는 용의 몸을 받기 어려웠다고 생각해요."

"성내고 죽은 귀신을 어떻게 제도할 수 있는가요? 선생님께서는 의상스님의 법력이라 하셨는데 역시 의상스님은 대단한 분 같아요."

"내가 알기로는 제도는 꼭 도인만이 할 수 있는 것은 아니라고 봅니다. 보통 사람이 제도하는 경우도 적지 않아요. 예를 들면 자식을 지극히 사랑하는 어머니는 자식의 영혼을 제도할 수 있고, 남편을 지극히 사랑하는 아내는 깨치지 않았어도 남편을 제도할 수 있어요. 단 이때의 제도는 상대에 대한 지극한 사랑이 전제되어야 하고 또 비록 깨치지는 못했어도 불심이 돈독해야 해요. 불심이 돈독하면 보통 사람도 지옥에 갈 귀신의 제도가 가능하다는 말입니다."

"어떻게 그런 자신 있는 말씀을 하시나요? 혹시 선생님은 귀신을 제도한 경험이 있으셔서 그렇게 말씀을 하시는 것인가요?"

장 교수와 선묘화의 장시간에 걸친 진지한 대화는 듣기에 따라서는 마치 그들 자신의 전생의 일면이기도 하고, 혹은 장

차 벌어질 일처럼 여겨지기도 했다. 일반 필부필부匹夫匹婦의 평범한 대화라고는 보기 어려운 점이 바로 그런 까닭이었다.

그들의 대화가 그들의 생애에 어떤 의미를 가지는가. 장 교수와 선묘화 그들 두 사람에게 과연 어떤 미래가 펼쳐질 것인가.

피어나는 연꽃

그녀는 장 교수의 이야기를 차분히 음미해본다. 평소에 의상스님이 원효스님보다 더 인간적으로 매력이 있었다는 것, 그리고 의상스님과 선묘낭자가 기록에 나오는 것처럼 반드시 대단한 성인이나 열녀가 아닐 수도 있다는 사실, 보통 사람들도 제도가 가능하다는 말씀은 처음 들어본 이야기로 신기하고 흥미 있게 들렸다.

의상스님과 원효스님의 긴 이야기로 미루어 보아 선묘화와 장 교수의 만남은 전생 인연이 맞기는 맞는 것 같았다.

"저에게도 그런 경험이 없지는 않아요. 벌써 20년이 넘은 이야기지요. 우리 상락아정연구소를 좋아하시는 80대의 교수 출신 여자 노인 회원께서 어느 날 나에게 다음과 같이 말하는 것이에요. 나는 대학에서 강의하고 있을 때였어요.

'교수님! 교수님의 금강경 강의는 참 신선하고 특이해요. 강의만 좋으신 것이 아니라 제가 직접 실천해보니 금강경이 제 생활을 더욱 활기차게 해주는 것 같아요. 저는 교수님 강의 듣는 맛에 여생을 즐겁게 사는 것 같습니다. 허락해 주신다면 교수님 옆에서 삼칠일만이라도 금강경 공부를 본격적으로 해보고 싶은데요. 허락해 주시면 좋겠습니다.'

어머니뻘 되는 회원이고, 연구소에 적지 않은 도움을 주신 분이기에 나는 그분의 출가를 허락하지 않을 수 없었습니다. 그런데 사고가 났어요. 그분이 출가하기 위해 연구소에 오시던 도중에 연구소 앞에서 교통사고를 당해 그만 세상을 떠나신 겁니다. 그때만 생각하면 지금도 가슴이 철렁해요. 내가 금강경 공부를 허락하지 않았다면 그분이 어찌 교통사고를 당했을까. 그분의 죽음은 내 책임인 것 같았습니다.

그분이 세상을 떠난 후 1년 내내, 그의 혼령이 내 가슴에 붙어 있는 것 같고, 그분이 출가해서 공부하려던 한이 바로 나에게 옮겨왔다는 생각이 들었어요. 불의의 사고로 떠난 노인의 슬픔이 나에게 전이轉移되었는지, 나는 따라 죽고 싶을 정도로 매일 슬펐고, 눈물이 앞을 가렸어요. 금강경을 아무리 읽어도, 슬픈 마음을 부처님께 바치고 또 바쳐도, 슬픔은 전혀 가시지 않았습니다.

1년이 되던 날, 나는 정성껏 음식을 차려놓고 금강경을 독송하며, 노인을 위해 이고득락 왕생극락을 기원드렸습니다. 그날부터 내 가슴은 뻥 뚫리듯 시원함을 맛보았고, 슬픈 생각은 일시에 사라졌습니다.

그 후 10개월 후 우리 연구소에 다니는 회원 중 갓 결혼한 백영숙이란 젊은 회원이 딸을 낳았다고 인사드리러 왔어요. 태어난 지 100일도 채 안 된 아기였어요. 그 아기가 여러 사람이 뻥 둘러앉은 자리에서 엉금엉금 내 앞으로 기어 오는 게 아니겠어요? 사람들이 이구동성으로 '아, 저 아기는 교수님과 인연이 있네.' 하는데 나는 직감으로 이 아기는 그 노인의 후생임을 알아보았지요.

그런데 참 재미있는 일은 그 백영숙이라는 젊은 회원은 아기를 가지면서부터 아버지뻘 되는 나를 지극히 사모하는 애인처럼 대하는 겁니다. 백영숙은 어려운 살림에도 자신이 처음 산 승용차를 나에게 기증하였어요. 또 무료급식을 시작할 때 적금을 깨서 주방 시설에 도움을 주기도 했어요. 사사건건 나를 도우려 하는 마음이 간절해요. 마치 선묘낭자가 용龍이 되어 의상스님을 돕는 것처럼요. 나를 좋아하고 돕는 것은, 나를 좋아하다 세상을 떠난 그 노인의 마음이 백영숙이라는 젊은 회원에게 전이되었던 것이 틀림없는 것 같았습니다.

선묘화여! 내 생각으로는 선묘낭자의 영혼은, 의상스님을 보호하려 용이 된 것이 아니라, 애정의 결실을 이루지 못하고 죽은 원한 때문에 슬픈 마음으로 의상스님 곁으로 달려갔을 것입니다. 그 슬픈 영혼을 구제하려고 의상스님은 내가 그 노인에게 한 것처럼 선묘낭자의 이고득락 왕생극락을 간절히 기원하였을 것 같단 말입니다.

선묘화! 의상스님의 정성 어린 기도 덕분에 선묘낭자는 의상스님에 대한 한을 풀고 용의 몸을 받게 된 것이 아닐까요. 용이 되어서는 의상스님의 은덕을 갚고자 어려운 일이 있을 때마다 도우려고 했다고 생각됩니다."

그녀는 의상스님과 선묘낭자의 이야기를 너무나 절절하게 장시간 강설하는 장 교수의 위력에 놀라 눈을 둥그렇게 떴다. 대체 선생님은 어떻게 저런 해설이 가능하신가, 의아해하면서 그녀는 장 교수에게 그녀의 질문을 상기시켰다.

"그런데 선생님, 저는 선생님과 다른 부부처럼 즐겁게 살 수도 없고 그렇다고 왜 헤어질 수도 없느냐고 질문을 드렸어요. 저는 그 이유가 알고 싶은 거예요. 그에 대한 대답은 안

하시고 왜 갑자기 의상스님과 선묘낭자 이야기만 하시는지 요?"

긴 이야기를 열심히 경청하던 그녀가 정색을 하고 다시 물었다. 그녀로서는 가장 알고 싶고, 듣고 싶은, 그녀의 당면 문제였다. 대체 같이 살 수도, 헤어질 수도 없는 복잡미묘한 이런 경우를 어떻게 해석하고 소화해야 할 것인가.

"아, 그래요? 그 대답을 하기 전에 내가 한 가지 묻겠소. 의상스님이 선묘낭자를 용으로 천도시켰다면 의상스님과 선묘낭자는 그 후 어떻게 될 것 같은가요? 미련이 남았다면 만나게 될 것이고. 미련을 다 해탈하였다면 만나지 않게 될 거요."

"제 생각으로는 다시 만나게 될 것이 분명합니다. 의상대사를 사모한 선묘낭자가 애정을 표시한 것은 의상대사의 법력을 존경해서 그런 것이 아니라, 부부로 함께 살기를 원했기 때문입니다. 선묘낭자는 그 마음을 아직 해탈하지 못하였고, 의상스님도 바닷물에 몸을 던진 선묘낭자에게서 자유롭지 못했으므로 후생에 반드시 만나게 될 것으로 보입니다."

"내 생각에도 그다음 생, 또 다다음 생, 언제라도 그들은 다시 만날 것 같소. 선묘낭자의 한을 풀기 위해서라도 부부의 모습으로 만날 것이 틀림없어요. 그런데 부부로 만났다면 행복한 부부가 되었을까요? 다투는 부부가 되었을까요?"

"선생님. 제 생각에는 행복한 부부가 되었을 것입니다. 그렇게 사모하던 의상스님을 남편으로 만났으니 어찌 사이가 좋지 않을 수 있겠습니까."

"상식적으로는 그렇지요. 그리고 선묘낭자는 자신을 용의 몸으로 천도해준 고마움 때문에 처음에는 의상스님께 매우 잘하려고 했겠지요. 그런데 전생에 의상스님께 당했던 불쾌한 기억이 떠오를 때면 싸움도 하게 될 것이 분명해요."

"불쾌한 기억이란 무엇일까요? 아무리 생각해도 선묘낭자는 의상스님께 불쾌한 기억이 없을 것 같아요. 왜냐하면 의상스님은 남에게 무례하게 할 사람도 아니고 폐를 끼칠 사람은 더더구나 아니지요."

"물론 의상스님은 선묘낭자에게 어떤 고통을 주었다고 생각할 수는 없지만, 고통의 종류에는 공격적 행위로 인한 고

226

통, 자신의 요구를 들어주지 않는다는 불만에서 비롯된 수동적 고통이 있는 법이요. 의상스님은 선묘낭자에게 공격적이고 능동적으로 고통은 주지 않았겠지만, 수없는 선묘낭자의 애정 표시를 무시하고 묵살하여, 선묘낭자로 하여금 자존심을 상하게 하는 고통은 많이 주었을 것이요. 특히 선묘낭자가 최후의 구혼을 시도하며, 나는 당신이 없으면 죽을 것 같다고 하였을 때, 의상스님은 계율을 지키기 위해 선묘낭자를 물리칩니다.

'저는 계율을 지키기 위해 신명을 바쳤습니다. 부처님의 가르침을 얻어서 중생을 구제하고 색욕의 세계는 벗어난 지 오래됐습니다. 낭자는 저를 원망하지 마시고 저의 공덕을 믿으셔야 합니다.'

기록에서는, 선묘낭자가 의상스님의 그 말에 감동해서 진정한 불자로 태어났다고 말하지만, 죽고 싶도록 괴롭고 미웠을 것이요, 또 선묘낭자가 바다에 몸을 던졌을 때도 의상스님을 원망하였을 것이 분명해요. 그들의 후생은 부부로 만난다 하더라도 잦은 불화가 있을 것이 불을 보듯 뻔합니다. 심지어는 죽을 듯한 고통을 상대에게 안겨주고 싶었을 것이요."

그럴까. 정말 그랬을까. 그녀는 장 교수의 긴 이야기가 끝내 수수께끼 같이 들렸다. 선생님이 생각하는 의상스님과 선묘낭자와의 가상적 부부생활을 듣고 보니, 선생님과 그녀의 결혼 생활이 대비對比되고 있는 것 같다는 상상을 하게 되었다.

"선생님의 말씀을 듣고 보니 꼭 우리 결혼 생활과 아주 비슷하게 닮았네요. 3년간 지옥을 살았어도 헤어지지 못하는 것을 생각하면 선생님은 전생에 의상스님 같아요. 그러나 저는 선묘낭자와는 달라요. 왜냐하면 선묘낭자는 요조숙녀이고 저는 측천무후처럼 괄괄한 사람이거든요."

선묘화의 진솔함, 과감果敢한 마음의 표현은 번번이 장 교수를 곤혹스럽게 했다. 그만큼 설명을 했으면 이제 저간這間의 사정이 납득이 갈 만도 했다. 이리 물어도 저리 물어도 장 교수의 답변은 그녀에게 만족을 주지 못한 것이다.

"다른 사람들은 선묘화를 괄괄한 사람이다, 거친 사람이다, 하지만 그대의 속마음은 부석사 설화에 등장하는 선묘낭자 이상으로 부드럽고 아름다운 사람입니다."

부드럽고 아름다운 사람? 선묘화의 귀가 그 대목에서 반짝 열렸다.

"그러고 보니 부인사 주지 스님께서 저에게 선묘화라고 법명을 지어주신 것은 우연이 아닌 것 같아요. 전생을 내다 보는 혜안이 있으신 것 같지요?"

긴 이야기를 듣는 가운데, 장 교수는 의상스님이 되어있었고 선묘화는 중국 소녀 선묘낭자였다. 그녀는 장 교수와 함께 살 수도 없고, 안 살 수도 없는 그 오묘한 뜻을 비로소 깨달아 알게 되었다. 장 교수는 진즉에 이 뜻을 알고 계셨던 것이 아닐까?

"선생님! 선생님 스승께서 혹시 선생님을 의상스님의 후생이라 말씀하신 적이 있나요? 제 느낌에 선생님은 의상스님의 후생일 것 같거든요. 선생님과 살아온 저의 삼 년간 생활을 돌아보면, 정말 끔찍했어요. 생지옥이었으니까요. 선생님이 바라보는 의상스님과 선묘낭자와의 만남은 저에게 묘한 여운을 남기고 있어요.

'특히 나에게 뽀뽀 좀 해주세요.' 했을 때, 나는 애욕이 없다 라고 하신 것이나, 나는 선묘화를 도반과 동등하게 본다 라고 말씀하신 것, 선생님이 미웠을 때 저는 죽어서라도 보복하고 싶은 마음이 있었다고요. 그 마음 역시 선묘낭자가 바다에 빠지면서 의상스님께 보복하려던 마음과 비슷해요. 저는 그때 몹시 섭섭하고 분노에 떨었어요."

하고 싶은 이야기를 다 털어내자 그녀의 마음은 허탈하면서 담담했다. 만약의 경우 장 교수의 전생이 의상스님이었고 선묘화가 선묘낭자였다면? 선묘화는 그것을 수긍할 수도 부인할 수도 없을 것 같았다.

"우리 스승님은 전생에 대해서 힌트는 가끔 주시기는 하지만, 너의 전생이 무엇이라고 정답을 주시는 분이 아니예요. 전생은 스스로 깊은 통찰과 수행으로 각자가 깨달아 알게 되어있어요. 나와 같이 탐진치가 그득한 사람이 어찌 감히 그 훌륭한 의상스님의 후생이 될 수 있겠소?"

다섯 시간이 훌쩍 지나서 시계는 자정을 가리키고 있었다.
그녀의 마음에 비로소 경천동지의 큰 변화가 일어났다. 그녀의 사랑과 미움은 전생에서 비롯된 것임을 알게 된 것이다. 그녀의 신세를 망친 장본인은 선생님이 아니라 전생에 그녀가 지은 업보임이 명명백백하게 밝혀졌다. 그녀의 마음은 서서히 안정을 찾아갔다. 선묘화의 눈에서는 하염없이 눈물이 흘러내렸다.
장 교수는 성미가 괄괄한 그녀에게 그 진실을 깨우치기 위해 의상스님과 선묘낭자를 예를 들어 긴 설명을 이어온 것이라는 것도 그녀는 수긍하게 되었다.

여보게! 저승 갈 때 무엇을 가지고 가려 하나

나는 먼 길 떠날 때 님의 사랑 듬뿍 안고 가려 하네

나는 먼 길 떠날 때 그리운 님 그리며 가려 하네

그리운 님 마음 다 알지 못해도 나는 님 그리며 가려 하네

구차한 욕망에 빗장을 걸고, 큰길로 나가는 신발 끈 다시 매고

그리운 님만 바라보며 떠나려 하네

무엇이 행복이고 무엇이 불행이었는지

무엇이 기쁨이고 무엇이 슬픔이었는지

되돌아보니 뜬구름일세

정겨운 미련도 애틋한 추억도 하룻밤 꿈이었다네

오로지 부처님 사랑 머금고 빈손으로 왔다가 빈손으로 떠

나는 것이라네

그녀는 달콤한 결혼 생활을 꿈꾸는 선묘낭자의 마음에서 벗어나, 용이 되어 의상스님을 돕는 선묘낭자의 마음이 되어 가고 있었다. 그녀는 왜 장 교수와 헤어질 수 없었나? 그 까닭을 헤아리게 되면서 그녀의 마음에는 초심이 되살아났다.

그 후 그녀는 금강경을 더 열심히 독송하고 장 교수의 정체가 무엇인지 탐구하게 되었다. 언제인가, 어떤 스님으로부터 받은 화두 "이 무엇고"를 탐구하듯, 장 교수의 정체를 탐

구하던 중, 어느 날 느닷없이 답이 튀어나왔다.

마하연사![1]

드디어 선묘화 보살은 장 교수 그가 그녀의 애정 상대라기보다 그녀를 구원하러 온 보살임을 확연히 깨달았다. 그녀는 장 교수를 처음 만났을 때의 심정으로 돌아가 춘원 선생의 시, 「애인」을 읊어 보았다.

님에게 아까운 것이 없이
무엇이나 바치고 싶은 이 마음
거기서 나는 보시를 배웠노라.

님에게 보이고자 애써 깨끗이 단장하는
이 마음 거기서 나는 지계를 배웠노라.

님이 주시는 것이면 때림이나 꾸지람이나
기쁘게 받는 이 마음

1 마하연사(摩訶衍寺): 강원도 회양군 내금강면 장연리 금강산에 있는 절. 676년(문무왕 16) 의상(義湘)이 부석사(浮石寺)를 지은 뒤 창건한 절로, 화엄십찰(華嚴十刹) 중의 하나이다. 지금 남아 있는 건물들은 모두가 1831년(순조 31) 선사 월송(月松)이 중건한 것이며, 1848년(헌종 14)대운(大雲)이 마하연 뒤에 마하연 선실을 지었다. 1932년에는 형진(亨眞)이 59칸의 당우를 중수하였다. 출처:한국민족문화대백과.

나는 거기서 인욕을 배웠노라.

자나 깨나 쉴 사이 없이 님을 그리워하고
님 곁으로만 도는 이 마음
나는 거기서 정진을 배웠노라.

천하의 많고 많은 사람 중에 오직 님만을
사모하는 이 마음
나는 거기서 선정을 배웠노라.

내가 님의 품에 안길 때에 기쁨도 슬픔도
나의 존재도 잊을 때에
나는 반야를 배웠노라.

이제 알았노라, 님은 이 몸께 바라밀을
가르치려고 짐짓 애인의 몸을 나툰
부처시라고…

　'이제 알았노라, 님은 이 몸에게 바라밀을 가르치려고 짐
짓 애인의 몸을 나툰 부처'시라고.
　그 마지막 구절이 선묘화의 영혼에 오래도록 깊이깊이 메
아리쳤다.

작품해설

『금강경』 수행으로 피운 큰 연꽃 한 송이
-『지옥에서 연꽃을 피운 수도자 아내의 수기』

고영섭(시인, 동국대 교수)

1. 기백과 자존 (1~2장)-'소를 찾아 나서다'[尋牛]/ '소의
   발자국을 보다'[見迹]

대개 수기手記란 자기의 체험을 손수 적은 글이다. 자기
의 경험을 적은 자서전 혹은 자신의 회고를 적은 회고록으로
서 완성된다. 수기는 해당 인물의 실제적인 체험에서 우러나
온 진솔한 기록이라는 점에서 다른 장르보다 감동의 요소를
잘 담아낼 수 있다. 특히 등장인물이 실제 인물의 투영이라는
점, 그에 대한 전지적 시점이 투영된다는 점에서 소설의 구조
와도 상통한다. 물론 실제의 체험을 기록한 수기와 작가의 전
지적 시점이 투영된 소설은 차이가 있다. 하지만 '팩트'와 '픽
션'의 결합인 '팩션'이라는 점에서 보면 소설과 수기의 관계
는 '소설적 수기' 혹은 '수기적 소설'로 변용된다. 윤명자 사

장의 『지옥에서 연꽃을 피운 수도자 아내의 수기』는 『금강경』 수행을 통한 체험 수기라는 점에서 송나라 곽암 사원廓庵師遠 선사의 '십우도十牛圖' 즉 '심우도尋牛圖'에 대응시켜 풀이해 볼 수 있다.

수기의 주인공인 윤명자 사장은 어릴 때 아버지를 여의고 무심한 어머니 밑에서 외롭고 우울한 유년 시절을 보냈다. 부모로부터 사랑을 받지 못한 그녀는 대신 고향인 청송군 부동면의 주왕산 일대의 자연에서 위로를 받으며 살았다. 첫사랑인 초중고 동창인 이동연과의 인연이 잠시나마 위안을 주었지만 그가 서울의 고교로 유학하면서 멀어졌다. 동연의 어머니가 던진 '가난하고 못 배운 것', '어찌 감히 내 아들의 상대가 돼?'라는 모진 말과 '쳐다볼 나무를 보고 오를 생각을 해야지'라는 어머니의 모진 소리를 오기 삼아 그녀는 열심히 노력하여 반드시 큰 부자가 되겠다고 이를 악물었다.

어머니가 시키는 대로 윤 사장은 오동식 교장 선생이 담임 목사로 있는 부남교회에 나갔다. 그녀는 오동식 목사의 주선으로 고등학교 재학 기간에 우체국 직원이 되었고 뒤이어 전화국에 입사하여 삶의 당당한 주인공이 되어 갔다. 하지만 계모 같은 어머니의 학대를 견딜 수 없던 윤 사장은 일찍 결혼하기로 결심하였다. 그러나 쫓기다시피 마지못해 결혼은 하였지만 반복되는 빈곤으로 인한 열등감, 저학력으로 인한 남편의 멸시와 천대로 가혹한 삶을 살았다. 숱한 고난과 외로움에 내쳐진 그녀는 어느 날 측천무후의 일생을 그린 책을 만나 희망과 용기를 지닐 수 있었다.

동서고금을 뒤흔들며 눈부시게 빛났던 유일무이한 여성황제는 그녀에게 삶의 의욕을 불어넣어 주었다. 책을 여러 차례 읽은 뒤에 측천무후에 대한 비디오를 구입하여 보고 또 보았다. 그 과정에서 가난의 고통과 설움, 지극한 외로움과 남존여비의 차별을 훌훌 털어버리고 측천무후와 그녀의 마음이 하나가 되었다. 이 과정에서 측천무후는 그녀에게 인생 나침반이 되었고 역할 모델이 되었다. 측천무후에게 자극받은 그녀는 제일 먼저 남편을 가장으로 모시는 빈궁한 생활을 청산했다. 그녀 스스로 가장이 되어 집안을 먹여 살리는 생활전선에 뛰어들었고 그녀가 하는 경양식 집 사업이 잘 풀려 대구 시내 굴지의 레스토랑 세 개를 거느린 사장님이 되어 있었다. 이러한 일련의 과정은 자기 내면의 소, 참다운 나를 찾는 과정과 같았다. 소는 그녀에게 주체적 인간으로서의 '기백'이자 '자존'이었다.

2. 사업 성공과 황토 한옥 그리고 심신 수양 (3~6장) −
    '소를 보다'[見牛]/ '소를 얻다'[得牛]/ '소를 길들이
    다'[牧牛]

내면의 소를 찾아 나선 윤 사장은 레스토랑 사업으로 어
느 정도 기반을 닦았다. 이제 그녀는 고향 청송을 위해 최초
로 관광호텔을 건설하려는 계획을 세웠다. 주무관청인 문화
관광부 기획조정실에 드나들며 구비서류를 준비하여 고향 청
송에 관광호텔을 설립하는 이유를 세 가지 항목으로 요약하
여 국민소통실에 제출했다. 1) 청송군에는 천하 명산 국립공
원인 주왕산이 있다. 2) 청송군에는 우리나라의 삼대 약수라
하는 달기 약수가 있다. 3) 도처에 온천 징후가 나타나는 장
소가 발견되므로 온천을 개발할 수 있다. 그녀는 청송군에 관
광호텔이 들어서야 하는 당위성과 필연성을 역설하고 집요한
설득과 노력을 통해 문화관광부의 청송군 관광호텔 허가를
받았다. 하지만 자금이 문제였다.

윤 사장은 서울에 소재한 산업은행 대출 담당자를 찾아가
대출의 필요성과 타당성을 설명했다. 산업은행 관계자들에
게 필요성과 타당성을 이해시키기 위해 그들을 서울에서 주
왕산까지 여러 차례 내려오도록 시도했다. 하지만 산업은행

의 엘리트들은 그녀의 제안을 논리 정연하게 거절했다. 윤 사장은 결국 그녀의 레스토랑 사업을 많이 도와둔 K 국회의원에게 도움을 청하여 M은행의 주병선 행장을 만나 도움을 받는다. 그러나 관광호텔 공사가 상당히 진척되었을 무렵 무서운 시련이 닥쳐왔다.

  신임 노태우 대통령의 공약인 분당 등 5곳에 200만 호 주택 개발이라는 발표로 건축자재값이 급격히 폭등했다. 애초 약 300억 원이면 가능한 공사가 500억 원으로 증가될 판이었다. 300억 원도 근근이 대출했는데 당장 200억 원이 더 필요하게 되었다. 이때 평소 스승으로 모시던 부인사 성타스님의 제안을 받고『법화경』「관세음보살보문품」을 지성으로 읽어나갔다. 그러던 어느 날 운문사 사리암에 가보라던 성타스님의 제안을 받고 찾아가 나반존자에게 지극정성으로 몇백, 몇천 배 절을 하자 온몸에서 땀이 비 오듯 흘러내렸다. 며칠 뒤 뜻밖에 평소 자신의 레스토랑에 자주 찾아오던 손님 김효관 씨의 도움을 받아 관광호텔 사업을 기적적으로 마무리할 수 있었다.

  이 과정을 겪은 윤 사장은 측천무후를 역할 모델로 삼고 부귀영화를 위해 치달리던 종래의 기복 불교를 내려놓고 탐진치를 닦아 부처님 뜻을 받드는 불교로 방향을 바꾸었다. 그것은 자신과 가족을 위한 소극적인 삶에서 자신의 영혼과 육체의 건강을 챙기면서 여러 사람을 위한 삶, 즉 대승적인 삶으로 바뀌게 되었다. 지금까지의 삶이 오직 기도와 사업 둘만으로 이루어졌었다면 이제부터는 팔공산 자락에다 황토집을 지으면서 새로운 삶으로 일구어나갔다. 그녀가 손수 지은 황토집은 대한민국 최고의 황토 한옥이면서 예술 작품으로서도 손색이 없는 집이었다. 자신의 집을 짓는 과정에서 그녀는 내면의 소를 보았고, 소를 얻었으며, 소를 길들였다. 그녀에게 소는 '사업 성공'이자 '황토 한옥'이며 '심신 수양'이었다.

3. 장 교수와 『금강경』과 궁자 상속 (7~10장) – 소를 타고 집으로 돌아가다[騎牛歸家]/ 소는 잊고 나만 남다[忘牛存人]/ 나도 소도 모두 잊다[人牛俱忘]

소를 보았고 소를 얻었으며 소를 길들였던 윤 사장 즉 선묘화는 이제 시간적 자유와 재정적 자유 위에서 내면에 더욱 귀를 기울이게 되었다. 어느 날 한옥 거실에서 텔레비전 채널을 돌리다가 한 방송 채널에서 멈추었다. 평소 스님들만 나오던 채널에서 그날은 신사복을 입은 한 신사가 특이한 강연을 하고 있었다. 그는 단번에 쭉 빨려들 것 같은 정도로 온유한 느낌을 주었고 말씨도 말소리도 매우 겸손하였다. 그는 얼마 전 H 대학에서 퇴임한 뒤 상락아정연구소를 설립하여 후학을 양성하는 장혜운 교수였다.

장 교수는 1866년 미국에서 태어난 작가이자 사업가인 찰스 해넬의 뜻을 이루는 세 가지 방법에 대해서 강의하고 있었다. 해넬이 말하는 소원을 이루는 세 가지 방법은 첫째, 외부 세계는 내부 세계의 그림자일 뿐이며, 마음이 원인이고 세상은 결과이다. 둘째, 실패를 마음에 그리면 실패가 나타나고, 성공을 마음에 그리면 성공이 나타나며 인간의 마음에는 그리는 대로 만드는 위대한 능력이 있다. 셋째, 당신이 하려고 뜻을 세우면 이왕이면 최고의 것을 성취하겠다는 포부를 가지라는 것이었다. 여기까지 들은 윤 사장은 머리를 한 대 탕! 하고 얻어맞은 기분이 들었다. 그녀가 지금까지 지극히 짧은 시간에 큰 부자가 되고, 많은 사람의 사랑을 받게 된 것은 그녀 자신도 모르게 찰스 해넬의 방법을 잘 활용하였기 때문이라는 사실을 깨달았다.

선묘화는 장 교수의 강의를 들으며 이광수의 『원효대사』라는 소설책에서 읽은 원효스님과 의상스님 이야기가 떠올랐다. 그중에서도 원효가 깨달음을 얻으며 부른 "마음속에 일어나는 분별심은[種種心生] 현실에도 실제처럼 나타나고[種

種法生], 마음속의 분별심이 사라지면[種種心滅] 현실에도 실제처럼 사라진다[種種法滅]는 구절이 찰스 해넬의 말과 겹쳐졌다. "마음은 원인이요 현실은 결과"라는 찰스 해넬의 말은 "마음이 원인이요 현실이 결과"라는 만고불변의 법칙처럼 생각되었다. 장 교수는 "뜻을 이루는 방법 중 불교 신자들이 활용하는 방법은 「관세음보살」을 '일심으로 부르면 모든 탐진치의 세계에서 벗어나 밝음의 세계, 부처님의 세계로 들어갈 수 있게 된다'라며 이 말씀을 믿고 일심으로 관세음보살을 부르는 사람은 그대로 소원을 이루었습니다"라고 하였다.

계속해서 장 교수는 "그러나 오늘 제가 가장 강조하고 싶은 것은 부처님께서 가장 밝으실 때 설하신 『금강경』의 가르침을 통해 뜻을 이루는 방법입니다. 사람들은 인생을 살면서 수많은 난관에 부닥칩니다. 대부분의 사람들은 이런 현실과 맞닥뜨릴 때 몹시 힘들어하며 피하기 어려운 문제라고 체념합니다. 그런데 부처님 말씀의 핵심은 곧 우리 자신이 전지전능한 존재라는 사실입니다. 『금강경』 제5분에 '범소유상凡所有相 개시허망皆是虛妄 약견제상若見諸相 비상非相 즉견여래則見如來'라고 하였습니다. 여기서 '범소유상 개시허망'! 즉 눈앞의 각종 난제는 모두 착각이고 허망하다. 난제가 팩트가 아니고 착각이며 허망하다고 알 때 꼭 실제처럼 자신을 괴롭히던 각종 난제는 다 사라지고 찬란한 부처님의 세계가 나타난다고 말씀하십니다"라고 하였다. 여기서 선묘화는 또 한 번 머리를 탕! 하고 얻어맞는 기분이 들면서 가슴이 뻥 뚫리는 시원함을 맛보게 된다. 오랫동안 황폐해진 자신의 마음에 새로운 소망이 싹트고 삶에 대한 용기가 솟아오름을 느꼈다. 장 교수의 강의는 그녀가 고달픈 타향살이를 하다가 오랜만에 고향에 돌아온 느낌이 들게 하였다. 마치『법화경』「신해품」에 나오는 '궁자가 몇십년 만에 집에 돌아와 자신이 궁자가 아니며 부유한 아버지의 재산을 상속받는 장자임을 알았을 때 느끼는 심정이 이럴 것이다'라고 생각하였다. 여기까지 오는 과정에서 그녀는 소를 타고 집으로 돌아오면서, 소는 잊고 나만 남기고, 나도 소도 모두 잊었다. 그녀에게 소는 '장 교수'였고,『금강경』이었고, '심신 수양'이었다.

4. 의상스님과 선묘낭자와 육바라밀 (11~12장) – 근본을 돌이켜 근원으로 돌아가다[返本還源]/ 저잣거리에 들어가 구제의 손을 드리우다[入廛垂手]

장 교수를 만난 윤 사장은『금강경』강의를 듣고『금강경』공부에 집중하였다. 주말마다 대구에서 경기도 고양에 있는 상락아정연구소를 찾았다. 그리고『금강경』의 가르침처럼 어떤 보시를 할 수 있는가를 살폈다. 당시 장 교수는 20년 동안 연구소를 운영하며 자신이 오랫동안 살고 있던 좋은 집을 모두 제자들에게 내어주고 초라한 옥탑방에 거주하고 있었다. 장 교수의 『금강경』 강의에 크게 감명을 받은 선묘화는 자신의 재산을 전부 그에게 무주상보시하고자 하였다. 하지만 장 교수는 선묘화에게 거듭 다시 생각해 보라며 완곡하게 사양하였다. 결국 선묘화는 장 교수에게 좋은 집을 지어주고자 하였다. 장 교수는 더는 거절하지 않고 받아들였다.

우선 선묘화는 자신의 제주도 땅을 담보로 자금을 빌려 경기도 양주의 업자들을 대구의 노출 콘크리트 집을 보여주면서 '기쁨이 가득한 집'을 지었다. 집이 낙성되자 대구에서 몇 년간 애지중지하던 경대와 무거운 장독대도 실어 날랐다. 선묘화는 장 교수에게 연구소 회원들에게 집들이를 하자고 제안하였다. 그런데 장 교수는 회원들의 초대를 늦추자고 하였다. 하지만 선묘화는 연구소 회원들을 양주의 〈기쁨이 가득한 집〉으로 초대하지 않는 것, 여자 회원들과 가끔 극장 나들이했다는 것, 아내인 그녀에게는 한번 놀러 가자고 요청하지 않는 것 등에 대해 견딜 수 없이 불쾌하고 외로워했고 때로는 이방인처럼 소외감도 느꼈다. 결국 회원들의 집들이 초대를 밀고 당기는 과정에서 두 사람 사이가 소원해졌다. 결국 우선적으로 장 교수 가족과 남종수 소장 외 남자 회원 5인을 초대하여 집을 공개하였지만 선묘화는 곧 대구로 내려왔다.

생전 처음으로 따뜻한 사람을 만나 드디어 결혼까지 했지만 막상 결혼하니 생각과는 너무 다른 모습에, 의심하고 실망하고 증오까지 하게 될 줄은 몰랐다. 자신은 최선을 다했기에 결혼이 마냥 행복할 줄 알았는데 3년간의 결혼생활은 지옥과 같았다. 이제 이 지옥 같은 결혼 생활의 고통에서 벗어나겠다고 다짐했다.

이러한 시기에도 선묘화는 대구에서 새벽 3시 반에 기상하며 『금강경』 7독으로 하루를 시작하였다. 그녀는 장 교수를 만난 뒤부터 거의 하루도 빼어놓지 않고 『금강경』을 독송하였다. 우울할 때, 고독할 때에 『금강경』 7독을 하면 마음에 평안함이 찾아왔다. 양주에서 기분 나쁜 일이 있어도 『금강경』을 읽으면 말끔히 해소되었다. 어느 날 대구에 있던 선묘화는 헤어질 결심을 하고 장 교수에게 전화를 걸었다. 그러자 장 교수는 요석공주와의 인연을 맺은 원효스님보다는 선묘낭자와 인연을 맺지 않은 의상스님의 인간적인 냄새가 물씬 풍기는 매력에 더 끌린다고 하였다. 마치 장 교수와 선묘화의 관계를 해명하는 듯했다. 장 교수는 "기록상으로는 의상스님이 애욕을 끊은 것처럼 냉정하게 말씀했다 하지만, 정말 애욕을 완전히 소멸한 사람은 그런 식으로 말하지 않는 법이오. 의상스님의 애욕의 뿌리가 선묘낭자에게 미련을 가지게 했고, 그 미련이 해결되지 않아 결국 바다에 몸을 던지게 된 것이지요."

"선묘화여! 내 생각으로는 선묘낭자의 영혼은, 의상스님을 보호하려 용이 된 것이 아니라, 애정의 결실을 이루지 못하고 죽은 원한 때문에 슬픈 마음으로 의상스님 곁으로 달려갔던 것입니다. 그 슬픈 영혼을 구제하려고 의상스님은 선묘낭자의 이고득락 왕생극락을 간절히 기원하였을 것 같단 말입니다. 선묘화! 의상스님의 정성 어린 기도 덕분에 선묘낭자는 의상스님에 대한 한을 풀고 용의 몸을 받게 된 것이 아닐까. 용이 되어서는 의상스님의 은덕을 갚고자 어려운 일이 있을 때마다 도우려고 했다고 생각됩니다."

장 교수의 의상스님과 선묘낭자에 대한 독특한 해석은 자신의 고통이 전생에서 비롯된 것이었다는 사실을 일깨워 주었다. 그 순간 선묘화의 내면에서 큰 연꽃 한 송이가 피어났다. 그 연꽃은 오히려 지옥이 피운 것이었다. 지옥 속에서『금강경』수행을 통해 선묘화가 피워낸 연꽃이었다. 결국 금강산의 마하연사를 떠올리며 춘원의 시「애인」을 통해 육바라밀을 소환한 선묘화는 마지막 시 구절의 "이제 알았노라. 임은 이 몸께 바라밀을 가르치려고 짐짓 애인의 몸을 나툰 부처시라고…" 하는 대목에서 근본을 돌이켜 근원으로 돌아갔으며[返本還源] 저잣거리에 들어가 구제의 손을 드리우는[入塵垂手] 소식을 얻을 수 있었다. 선묘화는 지옥 같은 결혼생활이 전생에서 비롯된 것임을 안 뒤부터 새롭게 발심하였다. 그녀가 의상과 선묘 사이의 본래 자리의 소로 되돌아오는 순간 그녀는 저잣거리에서 육바라밀의 보살행을 펼칠 수 있게 되었다. 마침내 선묘화는 한 수도자의 아내로서 한 송이 연꽃으로 거룩하게 다시 태어난 것이다.